U0519520

比较文学研究入门

张隆溪———著

四川人民出版社

图书在版编目（CIP）数据

比较文学研究入门 / 张隆溪著. -- 成都：四川人民
出版社，2022.6
ISBN 978-7-220-12504-1

Ⅰ.①比… Ⅱ.①张… Ⅲ.①比较文学—研究 Ⅳ.
①I0-03

中国版本图书馆CIP数据核字（2022）第068891号

BIJIAO WENXUE YANJIU RUMEN

比较文学研究入门

张隆溪　著

责任编辑	邹　近
内文设计	戴雨虹
封面设计	张　科
责任校对	吴　玥
责任印制	李　剑

出版发行	四川人民出版社（成都三色路238号）
网　址	http://www.scpph.com
E-mail	scrmcbs@sina.com
新浪微博	@四川人民出版社
微信公众号	四川人民出版社
发行部业务电话	（028）86361653　86361656
防盗版举报电话	（028）86361661
照　排	四川胜翔数码印务设计有限公司
印　刷	四川机投印务有限公司
成品尺寸	130mm×185mm
印　张	7.5
字　数	109千
版　次	2022年6月第1版
印　次	2022年6月第1次印刷
书　号	ISBN 978-7-220-12504-1
定　价	56.00元

目　录

前　言

　　在我们的高等教育里，比较文学已经成为一门重要学科，在许多大学里开设了比较文学课程，有不少研究生攻读相关课题，有好几种以比较文学为题的书籍和刊物出版，而各个地区和全国性的比较文学学会，也已成立了很多年。然而，就学科发展的情形看来，比较文学与传统的历史研究和中国文学研究相比，似乎还没有在人文学科中取得同等重要的地位。就教学和研究的基础准备看来，我们似乎还没有一本真正是研究入门性质的书，没有特别考虑到比较文学专业研究生的需要而写的参考书。目前这本《比较文学研究入门》就是有鉴于此，希望能为攻读比较文学的研究生以及对此有兴趣的其他读者，提供一部切实有用的参考书。本书尤其注重介绍比较文学的学科历史和研究方法，注意把我们的研究与国际比较文学的历史和现状结合起来。本书作者力求在眼光和能力可以达到的范围和程度上，为研究生和对比较文学有兴趣的读者们，探索研究的途径。

内地比较文学真正兴起是在1981年，那一年由季羡林先生发起，成立了北京大学比较文学研究小组。当时笔者刚在北大西语系获得硕士学位并留校任教，就参加了由季羡林、李赋宁、杨周翰、乐黛云和我一共五人组成的研究小组，并由我出面联系，聘请钱锺书先生担任我们的顾问。我们办了一份十分简陋的刊物，是一份油印的《通讯》，寄发给一些大学里的研究者。同时由我负责，出版一套北京大学比较文学研究丛书，由北大出版社印行，其中最早的两本，就是我主编的《比较文学译文集》（1982）和由我与温儒敏先生共同主编的《比较文学论文集》（1984）。那时候我们虽然刚刚起步，却充满了激情。比较文学在那之前很长的一段时间里，曾被视为资产阶级意识形态的产物而遭冷落。在20世纪初的苏联，有学者曾通过研究欧洲19世纪的各国文学，指出俄国诗人普希金曾受英国诗人拜伦的影响，但那一研究立即受到政治上严厉的批判，其结果是在苏联和其他社会主义国家，比较文学根本无法作为一门学科而存在。然而"文化大革命"后的中国，学术界和其他领域一样，到处是一片思想解放的呼声，大家有拨乱反正的锐气，而且有百废待兴的急迫感。就是在那样一种令人振奋的氛围中，我们开始了在国内重建比较文学的工作。

在长期的封闭之后，我们一开始自然以介绍国外的文学研究为主，所以从1983年4月到1984年初，我在《读书》杂志上连续发表了十多篇评介西方文学理论的文章，后来结集为《二十世纪西方文论述评》（1986）出版，在国内算是比较早的对西方文论的介绍和评论。在那之后的二十多年间，比较文学在中国发展迅速，有很多学者进入这一研究领域，成立了学会，取得了不少成绩，与国外学术界也建立起了越来越密切的联系。现在回想起来，实在不能忘记当年季羡林先生首倡之功，以及后来乐黛云先生鼓吹推动之力。我自己则在1983年离开北大去美国，在哈佛大学比较文学系学习。1989年获得博士学位后，我在加利福尼亚大学河滨分校（University of California, Riverside）任比较文学教授，努力使东西方比较成为加大河滨分校比较文学研究的一个特色。在加州大学任教差不多十年后，我又在1998年从美国到香港城市大学任教，继续做跨越东西方文化的比较研究。所以在我数十年的学习和教学生涯中，我先是做比较文学研究生，后来担任比较文学教授。在这本《比较文学研究入门》里，我希望把自己多年来在学习、教学和研究中的一点心得写成文字，奉献给学习比较文学的研究生们和读者朋友们。

什么是比较文学？这问题看来简单，但要能准确回答，却需要对比较文学的历史有一点了解，要知道目前国际上研究的现状；尤其是中西比较文学，我们更需要有深入的了解，明白我们面临的挑战，并且知道研究的途径和方法。本书内容正是按照这样一些问题来组织安排的。第一章引论首先回顾比较文学自19世纪在欧洲产生以来的历史，尤其要说明第二次世界大战前后整个历史状况和思想文化环境的改变，以及这种改变对比较文学研究的影响。第二章专论中西比较文学，说明我们面临的困难和挑战，又特别强调文学理论对中西比较文学的意义。西方文学理论在20世纪发展迅速，但也造成文学研究中一些新的问题，所以在第一、第二两章，我都分出一些篇幅来讨论文学理论的兴衰，以及文学理论与中西比较文学的关系。对于刚入门的研究生们说来，学习研究途径和方法最有效的办法，莫过于观察和分析一些成功的范例，通过观摩典范来学习。本书第三和第四两章就介绍一些具有典范意义的研究著作。第三章讨论西方比较文学研究中有影响的著作，第四章则专论中西比较研究成功的范例。学习范例当然先要有一定的基础，所以本书在讨论范例之前，也简略讨论比较文学研究需要怎样的知识准备，包括外语条件和文学与文化的知识及修养。本书最后一章为读者提供一个比较文学研究的基本书目，因为对于研究者说来，把握基本的研究材料至为重要。这个书目包括中文和英文两个部分，不只是列出一份书单，而且对每一本书都作一点简单说明，以便读者对这些参考著作有一个基本的了解。

　　写《比较文学研究入门》这样一部参考书，作者本人首先就须参考在比较文学领域已经出版而且有影响的著作，所以对国内外许多文学研究中的前辈和同行，我也在此表示深切感激之情。至于书中可能存在的错误和局限，当然由我负责，并希望这些错误和局限能得到学界朋友和读者们的指正。

張隆溪

2008 年 7 月 4 日序于香港九龙塘

1

引 论

一、何谓比较文学?

比较是认识事物的一种基本方式,并非比较文学所独有。我们认识一个事物,总是把这个事物与其他事物相比较,在二者的差异之中界定和认识此事物。例如桌子之为桌子,就在其功用不同于椅子或凳子,人之为人,也往往是在与其他动物比较中区之以别来定义。哲学家斯宾诺莎(Benedict de Spinoza)说,一切认定都是否定(*determinatio est negatio*),就是这个意思。20世纪文论中结构主义的奠基者索绪尔(Ferdinand de Saussure)认为,语言系统正是在对立和差异中来确定任何一个词语的意义,讲的也是同样的道理。不过,作为一门学科的比较文学产生在19世纪的欧洲，又有其特别的含义。当时达尔文进化论影响甚巨，在进化论理论基础上，欧洲产生了比较动物学、比较解剖学等学科，通过比较不同动物的骨骼和生理结构来研究物种变迁的过程。自然科学中使用这种比较方法，也启发了人文研究，例如比较语言学把欧洲语言，包括希腊语和拉丁语，和古印度的梵文以及古波斯语相比较，发现在词源上有许多关联，于是建构起"印欧语系"这个概念。在这样一种学术环境和氛围中，文学研究也打破语言传统的局限，在不同语言和文化的广阔范围内，探讨不同文学之间的关系，于是比较文学就在欧洲产生。由此可见，比较作为研究方法并不是比较文学独具的特点，而在一切学术研究中得到普遍的运用；因此，比较文学区别于其他文学研究的特点，也就不在比较，而在其研究范围超出在语言上和政治上统一的民族文学。

我们如果给比较文学下一个定义，那就是不同语言而又可以互相沟通的文学作品之比较。换句话说，相对于民族文学而言，比较文学是跨越民族和语言的界限来研究文学。19世纪浪漫主义时代一个占据主导地位的观念，是把自然视为由不同物种构成的一个有机统一体。这一观念也启发了文学研究者把不同语言、不同民族的文学作品视为文学表现和审美意识的统一体，具有可比的主题和特征，就好像一丛盛开的鲜花，姹紫嫣红，仪态万千，虽各具特色，却又能互相映衬，构成色彩缤纷的花团锦簇。如果说一朵花代表一种民族文学，那么比较文学就是色彩缤纷的花卉，是不同语言和不同文化传统的文学研究。

比较文学既然有这样一个基本特征，就要求比较学者懂多种语言，对不同文学传统有广泛兴趣和相当程度的了解。不懂外文，完全靠翻译来研究不同语言和不同传统的文学，就难免会产生一些误解，而把握两种或多种语言和文学，可以说是比较学者必须具备的基本条件。由于比较文学最早产生在欧洲，而欧洲各国在地理、语言和文化传统方面都相互关联，有一些相似或相近之处，所以比较文学在发展初期，很自然地集中研究欧洲各国语言文学之间的相互关系。尽管自19世纪发端以来，比较文学已经有了许多变化发展，但直到目前为止，西方的比较文学研究基本上仍然是以欧美为主导。

说这句话的意思，与其说是批评所谓欧洲中心主义，毋宁说是承认一个事实，也就是承认比较文学迄今最出色的研究成果，即一些内容丰富而且影响深远的经典式著作，例如埃里希·奥尔巴赫（Erich Auerbach）著《摹仿论》、罗伯特·恩斯特·库尔提乌斯（Robert Ernst Curtius）著《欧洲文学与拉丁中世纪》、诺思罗普·弗莱（Northrop Frye）著《批评的解剖》、弗兰克·凯慕德（Frank Kermode）著《终结的意识》，以及其他一些有类似学术地位和广泛影响的著作，其讨论所及都只是西方文学。这种情形，近年来才稍微有所改变。20世纪六七十年代以来，西方大部分学者越来越不满意纯粹以欧洲或西方为中心的学术研究，比较学者们看出传统意义上的比较文学好像已经没有什么新的出路，于是开始纷纷走出西方范围的局限。现在已经出现了一些超越西方传统、从全球视野来研究比较文学和世界文学的著作，这类著作虽然数量还很少，却为比较文学的未来发展提供了机会。不过，东西方的比较，或者更缩小也更具体一点，对中国学者说来尤其重要的中西文学和文化的比较，都还处于初步阶段。就国际比较文学的范围而言，东西方比较还只是刚刚开始，还远远不是学术研究的中心或主流。

二、审美历史主义、法国影响研究和美国平行研究

研究任何一门学科，都应该对那门学科的历史有一个基本的了解。就比较文学而言，在西方从一开始，就有两种不同的动机或研究方向。一种是德国的比较文学概念（*Vergleichende Literaturwissenschaft*），以赫尔德（Johann Gottfried von Herder，1744—1803）的思想为基础。赫尔德认为，不同的语言文学体现了不同民族的声音，所以他对世界各民族文学，包括非西方的文学，尤其是各民族世代相传的民歌和民谣，都抱有强烈的世界主义（cosmopolitanism）的兴趣。正是在这种世界主义式德国观念的背景之上，我们可以明白何以歌德在读到欧洲语言译本的中国小说《好逑传》和《玉娇梨》时，能够提出"世界文学"这个重要概念，并且认为世界文学的时代已经来临。对歌德来说，他读到的中国小说和他读过的欧洲文学作品迥然不同，例如和法国诗人贝朗

热（Pierre-Jean de Béranger）的诗歌相比较，两者就形成尖锐的对比。歌德认为中国作品刻画人物，尤其注重感情节制和道德的品格，与欧洲作品相比，在诸多方面都格外值得称道。与此同时，他又感到在内心深处，他所读的中国作品完全可以和他沟通，从而展现出人类许多共有的特点。虽然这些中国小说对歌德说来分明是外国作品，却又让他感到有文化价值上的亲和力，于是他发现不同民族和不同文化传统的文学作品，互相之间似乎有一种暗含的联系，好像百川汇海，最终可以汇合起来，形成一个丰富伟大的世界文学。

一与多、同与异、合与分，在哲学思想和文学研究中都是一些根本问题，比较文学就是超出语言和民族的界限，在世界文学范围内，针对这些问题来做出回应。在比较研究中，论述的重点是一还是多、是同还是异、是合还是分，都非常重要，而在历史和理论的背景上，如何来阐述这样的重点，对整个比较研究来说更是关键。欧洲启蒙时代的思想家们如伏尔泰（Voltaire）和休谟（David Hume）等人，都相信普遍的人性和人类行为的普遍性，但赫尔德和比他更早的意大利哲学家维柯

（Giambattista Vico，1668—1744）则认为人性总是不断变化的，因此他们认为，没有一个单一的标准可以普遍适用于不同时代和不同民族的文化表述。维柯尤其与笛卡儿理性主义和普遍主义针锋相对，论证不同民族文化各有特色，由此奠定了审美历史主义的基础。他十分强调事物的演变转化，认为不同的文学艺术创造，必须依据其本身发展的程度来判断其价值，而不应该用一个一成不变的关于美与丑的绝对尺度来衡量。这就是埃里希·奥尔巴赫在维柯名著《新科学》中见出的最有价值的贡献，即审美历史主义的基本原则。奥尔巴赫认为，维柯《新科学》是历史研究中"哥白尼式的发现"，在这种革命性的审美历史主义思想影响之下，"谁也不会因为哥特式大教堂或中国式庙宇不符合古典美的模式而说它们丑，谁也不会认为《罗兰之歌》野蛮粗疏，不值得和伏尔泰精致完美的《昂利亚德》相提并论。我们必须从历史上去感觉和判断的思想已经如此深入人心，甚至到了习而相忘的程度。我们以乐于理解的一视同仁的态度，去欣赏不同时代的音乐、诗和艺术"①。

赫尔德也正是从这样一种审美历史主义的立场出发，批评了18世纪德国艺术史家约翰·温克尔曼（Johann Joachim Winkelmann，1717—1768）刻板的古典主义。温克尔曼以研究古代希腊艺术得名，但他也由此得出一套古典主义的观念和原则，并以此为准则去衡量在极不相同的历史和文化环境中产生出来的古埃及艺术，指责古埃及艺术未能达到古希腊艺术所体现的那种古典美的标准。赫尔德批评这一看法违反历史主义，完全错误。古埃及和古希腊既然是不同的文化传统，自然有不同的发展路径，我们也就不能用古希腊艺术的古典美作为唯一标准，来衡量和评判古埃及艺术。同样，从审美历史主义的角度看来，法国古典主义者指责莎士比亚戏剧不符合三一律，也不啻方枘圆凿。所谓三一

---

① Erich Auerbach, "Vico's Contribution to Literary Criticism", in A. G. Hatcher and K. L. Selig (eds.), *Studia Philologica et Litteraria in Horzorem L. Spitzer* (Bern: Franke, 1958), p. 33. 本书引用文章和书籍，大多简略作注，详细资料见第五章书目，但文中提到而不必列入书目的文章和书籍，则在脚注中详细列出有关资料，以便读者查询。

律，即戏剧表现的事件和行动应当统一，不能有几条线索同时发展，时间应在一天之内，地点应在同一处地方，不能变动。这些其实都并非亚里士多德《诗学》的观念，而是文艺复兴时代重新发现了亚里士多德《诗学》之后，从意大利批评家对《诗学》的评注中产生出来的一些规则。17世纪法国古典主义戏剧家拉辛（J. B. Racine）和高乃依（Pierre Corneille）都力求严格遵守这样的规则，但莎士比亚戏剧在时间和地点上都经常变动，情节往往既有主线，也有同时发展的支脉，悲剧和喜剧的成分也混杂并存，所以他的作品完全不符合法国古典主义戏剧的三一律，也因此常常受到古典主义批评家的指责。但从审美历史主义的角度看来，这种指责用一个时代一种文化产生的标准，来评判很不相同的另一时代、另一文化的作品，当然没有道理。事实上，在欧洲文学史上，到19世纪浪漫主义文学兴起时，莎士比亚在德国和法国都成为打破古典主义束缚的解放力量。

然而承认不同时代、不同文化传统的作品不能用一个一成不变的统一标准来评判，并不意味着这些不同的作品完全各自孤立，互不相通，不能做任何比较研究。维柯和赫尔德反对唯一的审美标准，但他们并没有走极端，没有宣称文化传统相互间风马牛不相及，毫无共同之处。恰恰相反，赫尔德相信，跨越不同历史时期和文化差异，人类的审美情感和批评标准有更深一层的统一。维柯则认为古今各民族起码都有三种"永恒而普遍的习俗"，即宗教信仰、婚礼和葬礼[1]。他还相信，在不同语言和文化表现形式下面，"由人类各种制度的性质所决定，各民族必定有一种共通的内在语言，这种语言可以把握人类社会生活中各种可能事物的实质，而这些事物千姿百态，这种语言也就依此用形形色色变化的方式来表现事物的实质"[2]。换言之，尽管文化及其表现形式各不相同，但在互相差异的形式下面，却有一种各民族共通的内在语言可以跨越文化差异，使不同的人们互相之间得以理解和交流。赫尔德则十分强调移情

---

[1] Vico, *The New Science,* §333, trans. T. G. Bergin and M. H. Fisch (Ithaca: Cornell University Press, 1968) , p. 97. 参见朱光潜译维柯《新科学》（北京：人民文学出版社，1986年），页135。

[2] Vico, *The New Science*, §333, trans. T. G. Bergin and M. H. Fisch (Ithaca: Cornell University Press, 1968)，英文本，§161，页67；中译本，页92。

（*Einfühlung*）的作用，认为人们通过移情，可以设身处地去想象他人的境况，也就可以超越差异而达到相互理解。然而移情绝不是把自己主观的思想感情投射到解释的客体上去，因为解释的客体自有其历史，和解释者的思想感情有所不同，所以移情是尽量体验他人的境况，达到同情的理解。由此可见，维柯，尤其是赫尔德，都是不同文学和不同文化比较研究的先驱。他们认为人性是不断变化的，也都强调文化表现形式互不相同，这就为奥尔巴赫主张那种审美历史主义开辟了道路，而这种审美历史主义的要义，就在于承认每一种文学和文化都各有自己的发展途径，我们应该按照其独特的美和艺术表现的形式去观赏它。

　　然而在欧洲比较文学的发展中，在第二次世界大战之前影响更大的，是与法国式比较文学（*littérature comparée*）联系更多的观念。法国文学本来就有一个悠长辉煌的传统，有许多骄人的成就和杰作，更重要的是，法国作为一个民族国家在中世纪和早期的近代世界里，为用法语写成的各类著述提供了统一和正当性的条件，而这是欧洲其他国家很难做到的。由于特殊的历史原因，法国的诗人和作家们力求摆脱拉丁文独霸文坛的局面，为法语的表现力争夺一席之地，而在这争斗之中，他们似乎和法国王室与国家就建立起一种特别一致的关系。虽然但丁在14世纪最早用意大利塔斯卡尼地方的方言写出了他的杰作《飨宴篇》和伟大的《神曲》，建立了一种可以与拉丁文争胜的文学语言，但由于意大利在历史上很晚才成为一个统一国家，也由于以拉丁为正式语言的罗马天主教会在意大利比在其他国家影响更大，意大利语并没有像法语那样，在16世纪下半叶和17世纪初成为一种强有力的民族语言。相比之下，法语比较早就确定了自己作为一种强有力的民族语言的地位，为法国文学和文化传统奠定了一个坚实而且具有凝聚力的基础。

16世纪法国作家约阿希姆·杜·贝雷（Joachim du Bellay）发表的著名论文《为法国语言辩护》（*La deffence et illustration de la langue françoise*, 1549）就针对拉丁文的影响，明确肯定了法文的地位。法国七星派诗人（Pléiade）更用他们的作品来证明，法语的文学性质如果说不优于拉丁文和意大利文，也至少与之相等。在欧洲民族国家开始建立的时期，语言上的争论当然不仅仅是一个语言的问题，而是与整个民族意识的形成，乃至与其宗教信仰和政治权威密切相关。正如一位批评家所说，为各民族语言争地位的论战同时具有宗教和政治的意义，"因此，争取法文正当性的论争也就可以理解为是把学术和文学的世界从教会的影响下解放出来，同时也是挑战意大利人文学者们的权威"①。由此可见，法国诗人和作家们与王权之间有一种微妙关系："为了抵消罗马和意大利文人的影响，七星派诗人们主张使用法文来写作，而这恰好也是国王的语言。意大利人文学者的普遍主义维护了拉丁文的权威，而法国文人们在反对这种普遍主义的争斗之中，就针对教皇的势力，完全拥戴法王的事业，维护王权的自主和权威。"②随着法国文学的发展并取得辉煌成就，巴黎逐渐成为不仅是法国文学的首都，而且是整个欧洲文学的首都，而文学和文化上这种法国中心主义对法国式的比较文学概念，也就产生了相当大的影响。

法国比较文学研究强调的是影响、交往、国际关

---

① Casanova, *The World Republic of Letters*, p. 49.
② 同上书，页51。

系，也就是法国学者伽列（Jean-Mane Carré）所谓"事实的联系"（*rapports de fait*）。这一研究途径虽然从历史学、社会学和文献学等角度说来，涵盖了文学研究中很大范围的主题和具体题目，但法国式比较文学基本上是研究不同作家和作品之间以及作家与作家之间的关系。由于在处理文学关系上法国中心观的影响，也就难怪有些法国比较学者，例如基亚（M.-F. Guyard），会特别注重法国文学作为起源，如何影响了别国的文学。基亚甚至指出比较文学研究当中还有一些空白，希望将来的比较学者去研究法国作家在外国的影响，以逐步填补这些空白，落实法国作家在国外有影响、具声望的印象。当然，法国比较文学的概念并不等于以法国为中心的狭隘民族主义观念，法国比较学者也并非都以法国文学为中心。法国式的影响研究当然自有其价值，在研究文学史，研究重要作品在不同文化和社会环境中的接受，以及研究介绍者、翻译者和出版者的作用等方面，法国式的影响研究都做出了很大贡献。但毫无疑问的是，19世纪末和20世纪初法国式比较文学的构想，往往是以民族和民族主义为基础，也就很可能蜕变为韦勒克

（René Wellek）所讥讽过的文学"外贸"，即把比较文学变成债务的计算，研究者总是在看一部文学作品受到多少外来文学的影响，而这影响的来源又往往是某位法国作家或欧洲主要文学中的大作家。韦勒克批评老的比较文学这种爱国主义动机，结果使比较文学变成一种记文化账的奇怪做法①。然而一部文学作品是否真有价值，影响并不是最关键的因素，甚至不是很重要的因素，因此，寻找影响，计算债务，在文学研究中就必然有严重局限。不过我必须再次说明，并非所有的法国比较学者都是以法国为中心的民族主义者，而有强烈民族主义或爱国主义情绪的，也并不只是法国比较学者。但传统的法国式比较文学的确鼓励影响研究，而在某种程度上，影响研究又往往容易成为现实政治力量不平衡的关系在文学研究上的反映。

在20世纪二三十年代，影响研究的局限及其以民族文学为基础的局限，都变得越来越明显；第二次世界

---

① Wellek, "The Crisis of Comparative Literature", *Concepts of Criticism,* p. 283. 此文中译见张隆溪编《比较文学译文集》，页22–32。

大战带给人类空前的灾难，更使民族主义的声誉丧失殆尽。人们意识到，狭隘民族主义的意识形态导致了世界各民族的冲突和战乱，于是在战后反民族主义的氛围中，比较文学发生了根本变化，在美国和加拿大产生了一种新的概念和新的方法，与注重事实联系的法国式影响研究模式全然不同。哈利·列文（Harry Levin）、诺思罗普·弗莱，以及从欧洲移民到北美的一些出色的比较学者如韦勒克、波吉奥里（Renato Poggioli）等人，都重新把比较文学定义为一种广泛的人文研究，这种研究把文学理解为一个总体，而不是由民族国家的界限割裂开来的碎片。在不同作家和作品之间寻求事实上的接触和联系，那是19世纪实证主义的观念，美国式的比较文学则抛弃了这种实证主义观念，强调不同文学传统中思想、意象、主题、语言和修辞手法等各方面内容的平行研究，而且这些互相平行的思想、意象、主题等，并不一定要有实际接触或相互影响。文学只是人类精神文化表现的方式之一，此外还有音乐、美术等其他的艺术形式，所以美国式比较文学的概念还提倡文学与艺术、心理学、哲学、宗教以及人类创造和表现其他领域跨学科

的比较。与此同时，一部文学作品的内在价值即其特殊
的文学性，更成为文学批评注意的中心。作为一种人文
价值的研究，比较文学研究的目的不是为了证明某个民
族传统的伟大，而是要揭示世界文学的普遍意义和精神
价值。在战后20世纪五六十年代的欧美，这种美国式的
平行研究就取代了法国式的影响研究，成为比较文学研
究的主流。

在比较文学史上，这就是所谓法国学派和美国学
派的分别。上面的讨论应该使我们意识到，这种分别并
不是由于在某一时刻，某些学者突然聚在一起，心血来
潮，纯粹主观地决定要另辟蹊径，独树一帜，于是就立
纲领，发宣言，建立起比较文学的某个学派，以示区别
和差异。其实历史上所谓学派，大多是在时过境迁之
后，历史学家们在研究某段历史时，事后追加的名号。
法国的影响研究，有19世纪注重实证的历史背景，所谓
美国学派，在美国比较学者当中并没有这样的称呼，
而美国比较文学注重平行研究，则有第二次世界大战前
后整个历史的变化为背景，尤其和民族主义的衰颓有密
切关系。在中国比较文学研究中，最先由台湾和香港的

学者提出要建立比较文学的"中国学派"。20世纪80年代，比较文学在内地逐渐兴起之后，也有不少关于建立"中国学派"的讨论。中国学者做比较文学研究，自然会使用中国文学的材料，也自然有自己的视野和研究方法。但各国的比较学者无不使用自己熟悉的材料和方法，在我看来，这还并不足以构成一个学派所必备的特殊条件。一个学派的产生，往往有广阔的历史背景和文化环境为条件，就像我们上面所见19世纪到20世纪思想潮流的转变，尤其是第二次世界大战前后民族主义思想的兴衰，造成了比较文学所谓法国学派和美国学派的区别。但我还看不出来现在建立一个中国学派，有怎样广阔的历史背景和文化环境为其条件，所以我认为，建立比较文学的中国学派在我们并不是一个真问题，至少不是亟待解决的问题。在当前和在任何时候，最重要的不是发表建立学派的宣言，而是如何认真研究，取得有价值的学术成果。将来历史学家们研究我们这个时代学术的时候，如果发现在某种特定的历史条件下，中国学者们在比较文学研究中取得了一些突出优异的成果，而且独具特色，也许他们会总结出某些特点，冠之以"中国学派"的名称。至于将来是否会如此，应该留给未来的历史学家们去讨论和决定。

三、文学理论的兴衰

在西方文学研究的领域，20世纪可以说是一个理论的时代，但也是理论不断兴盛，然后又盛极而衰的时代。20世纪初，俄国一些学者们首先把文学研究和语言学联系起来，从文学语言本身去探讨文学的特性，提出了著名的"文学性"概念（литературность，英文literariness），这是一个看起来简单、实际上颇具内涵而且重要的概念。所谓"文学性"，就是把文学语言区别于其他语言的本质特性，是使文学成其为文学的东西。罗曼·雅各布森（Roman Jakobson）认为文学语言突出诗性功能，不是指向外在现实，而是尽量偏离实用目的，把注意力引向文学作品的语言本身，引向音韵、词汇、句法等形式因素。维克多·什克洛夫斯基（Victor Shklovsky）提出"陌生化"概念（остранение，英文defamiliarization），认为艺术的目的是使人对事物有新鲜感，而不是司空见惯，习以为常，所以采用新的角度和修辞手法，变习见为新知，化腐朽为神奇。从文学史的发展来看，"陌生化"往往表现为把过去不入流的形式升为正宗，从而促成新风格、新文体和新流派的产生。这一观念重视文学语言和文学形式本身，强调文学与现实的距离，而非现实的模仿或反映。正如什克洛夫斯基所说："艺术总是独立于生活，在它的颜色里永远不会反映出飘扬在城堡上那面旗帜的颜色。"通过这鲜明生动的比喻，"这面旗帜就已经给艺术下了定义"。米哈伊尔·巴赫金研究陀思妥耶夫斯基的小说作品，认为其中不是只有作者权威的声音，而是有许多不同的语调和声音，构成表现不同思想意识的"复调小说"，如果脱离这种"复调"空谈内容，就不可能把握问题的实质，因为"不懂得新的观察形式，就不可能正确理解借助于这种形式才第一次在生活中看到和显露出来的东西。正确地理解起来，艺术形式并不是外在地装饰已经找到的现成的内容，而是第一次地让人们找到和看见内容"。这里反复强调的"第一次"，与什克洛夫斯基的"陌生化"概念一样，也突出了艺术的目的是使人对生活中的

事物获得新鲜感。事实上，这是从俄国形式主义到捷克
结构主义贯穿始终的思想，是俄国形式主义对文学理论
的重要贡献。

俄国形式主义虽然被称为形式主义，但这种理论
从一开始就和语言学有密切关系，注意语言的结构和功
能。雅各布森从莫斯科到布拉格，后来又到美国，对于
俄国形式主义和捷克结构主义理论，都做出了很大贡
献。捷克学者穆卡洛夫斯基（Jan Mukarovsky）认为，日
常语言会由于长期使用而趋于自动化，失去新鲜感，而
文学语言则尽量"突出"（foregrounding）自身，不是
传达信息，而是指向文学作品自身的世界。这一观念显
然与俄国形式主义有直接的联系。从莫斯科到布拉格再
到巴黎，从俄国形式主义到捷克结构主义再到法国结构
主义，这就形成20世纪文学理论发展的三个重要阶段。
60年代之后，结构主义从法国传到英美，成为西方文学
理论一股颇有影响的新潮流。

在20世纪四五十年代，英美的新批评同样注重文学
的形式和语言，通过细读和修辞分析，力图把文学之为
文学，具体化到一个文本和文学语言的层面来理解。文

萨特（W. K. Wimsatt）与比尔兹利（M. C. Beardsley）
提出两个著名概念：一个是"意图迷误"（intentional
fallacy），认为文学作品是本身自足的存在，作品的意义
并非作者意图的表现；另一个是"感受迷误"（affective
fallacy），即自足存在的作品之意义，无关读者众说纷纭
的解释。这两个"迷误"概念就使文学的文本（text）独
立于作者和读者，成为韦勒克所谓"具有特殊本体状态
的独特的认识客体"[①]。韦勒克与沃伦（Austin Warren）
合著了一部颇有影响的《文学理论》，就提到俄国形
式主义的观点，并把文学研究分为内在和外在两种。他
们认为从社会、历史、思想、作者生平等方面去研究文
学，都是文学的外部研究，而他们注重的是文学的内部
研究，即研究文学的语言和修辞，包括音韵、节奏、意
象、比喻、象征等形式特征。在作品分析方面，尤其在
诗的理解和阅读方面，注重文本和文学语言的新批评取
得了不可忽视的成就。

在20世纪50年代末，诺思罗普·弗莱在其《批评的

———————
① Wellek and Warren, *Theory of Literature*, p. 156.

解剖》一书中提出神话和原型批评，就超出个别作品的
细读，为文学研究提供了比个别文本更为广阔的理论框
架。这种神话和原型批评所理解的文学是意象、原型、
主题和体裁组成的一个自足系统，批评家从这种文学系
统中，可以找出一些具普遍意义的原型（archetype），
这些原型"把一首诗同别的诗联系起来，从而有助于把
我们的文学经验统一成一个整体"[1]。原型在不同作品
中反复出现，有如昼夜交替、四季循环，或者像各种仪
节，每年在一定时刻举行，固定而且反复，所以弗莱注
重神话、仪式和历史的循环论，把文学类型的演变与
四季循环的自然节律相关联。对应于春天的是喜剧，充
满了希望和欢乐，象征青春战胜衰朽；对应于夏天的是
传奇，万物都丰茂繁盛，富于神奇的幻想；对应于秋天
的是悲剧，崇高而悲凉，那是物盛当杀、牺牲献祭的时
节，表现英雄的受难和死亡；对应于冬天的则是讽刺，
那是一个没有英雄的荒诞世界，充满自我审视的黑色幽
默。然而有如残冬去后，又必是春回大地，万物复苏，

---

[1]　Frye, *Anatomy of Criticism*, p. 99.

牺牲献祭之后，诸神又会复活一样，讽刺模式之后，文学的发展又有返回神话的趋势。

原型批评从大处着眼，注意不同作品之间的内在联系，认为文学有一些基本程式，这些最终来源于神话和祭祀仪式的程式是每一部新作得以产生的形式原因。弗莱说："诗只能从别的诗里产生；小说只能从别的小说里产生。文学形成文学，而不是被外来的东西赋予形体：文学的形式不可能存在于文学之外，正如奏鸣曲、赋格曲和回旋曲的形式不可能存在于音乐之外一样。"[①]弗莱的神话和原型批评在50年代末，已经打破了新批评对作品的细读，注重在不同文学作品下面，去寻求决定文学形式因素的程式和原型，这也就为后来从欧洲传来的结构主义，在思想上奠定了基础。弗莱百科全书式包罗万象的文学观念可以追溯到维柯和赫尔德，也让我们想起歌德的世界文学观念，不过在他的原型批评中，实际讨论到具有典范意义的文学作品时，却仍然只限于欧洲或西方文学的范围。

---

① Frye, *Anatomy of Criticism*, p. 97.

弗莱的原型批评虽然超出新批评着眼于个别文本的细读，但却没有否定新批评提出的"意图迷误"。事实上，20世纪文学理论发展一个重要的趋势，正是越来越否定作者的权威，使批评成为独立于作者意图的一种创造。与此同时，新批评提出的"感受迷误"则完全被否定，因为否定作者的同时，文学理论越来越注重读者在阅读和理解当中的积极作用。从现象学到阐释学，再到德国的接受美学和美国的读者反应批评，这就形成了充分肯定读者作用的主流趋势。当然，法国批评家罗兰·巴特（Roland Barthes）宣称作者已死，好像读者的诞生非要以作者的死亡为代价，那又是西方理论家喜欢走极端、言过其实的一个例子。凡大讲理论、奢谈作者已死的人，往往正是从巴特那里接受了这一批评观念，这在无形中就构成对其所谈理论本身的讽刺。从这个例子可以看出，我们在讨论理论问题时，必须要有自己独立的见解和批判意识。理论注重对事物的分析，对理论本身，我们也必须要有分析，不能盲从权威，人云亦云。

20世纪六七十年代，结构主义成为西方文论颇有影响的新潮流。文学理论取代了细读，文学分析中形式主义对文本的注重，也被结构主义对系统和深层结构的兴趣所代替。瑞士语言学家索绪尔对结构主义产生了极大影响，他提出语言中二项对立（binary opposition）的原则，说明任何词语都在和其他词语的对立和差异中显出自身的意义，没有"上"也就没有"下"，没有"内"也就无所谓"外"，如此等等。这就打破了以单项为中心的观念，把注意力集中到系统和深层结构。人们所说的任何具体的话是"言语"（parole），而决定一切具体言语的深层结构是"语言"（langue），即这一语言系统的全部语法规则和词汇。把这一原理运用于文学研究，结构主义者注重的就不是具体的文学作品，而是文学叙述的基本结构或"普遍语法"。所谓语言学转向（linguistic turn），可以说标志着从文本细节到语言深层结构的转变。我们可以说，结构主义和符号学集中研究的是抽象的文本性（textuality），而不是具体的文本（text）。如果说结构主义批评在小说和叙事文学研究中取得了一定成绩，其研究方法却离开文学作品的具体细节，越来越趋于抽象。

20世纪70年代之后，结构主义很快被后结构主义和解构（deconstruction）主义取代，同时又有女权主义、东方主义、后殖民主义以及形形色色的文化研究逐渐兴起并占据主导地位。解构主义批判西方传统，认为那是逻各斯中心主义，应该彻底解构。女权主义颠覆以男性作家为主的传统经典，东方主义和后殖民主义颠覆西方的文化霸权，文化研究把注意力集中到文学研究之外，以大众文化取代精英文化，特别突出身份认同和性别政治，尤其是同性恋研究，而传统的文学研究则似乎退到边缘。这是从现代转向后现代的趋势。后现代理论批判西方17世纪以来的现代传统，尤其批判启蒙时代以来如逻辑、理性、客观真理等西方传统的基本观念，认为这些都是压制性的观念，应该彻底颠覆。后现代理论有强烈的批判性，带有激进的政治和意识形态色彩。由于比较文学没有明确的边界，又能运用各种语言，于是在美国的大学里，比较文学很自然地成为来源于欧洲的文学理论，尤其是各种法国理论的家园，同时也成为理论和批评方法辐射到人文社会其他学科去的基地。随着比较文学采用的各种理论扩散到其他学科领域，比较文学一时间似乎独领风骚，好像在学术研究中起领导和典范的作用。历史、人类学、社会学等学科似乎都从比较文学引进理论，受到启发。

但与此同时，比较文学和其他学科理论方法的相互渗透以及在文学研究中使用社会科学的模式和方法——尤其是人类学、社会学、心理学、哲学、政治学等模式——都使西方的比较文学丧失了自己作为文学研究的独特性。在理论笼罩一切的时候，一个研究文学的学者很可能对文学做理论的探讨，写出的论文洋洋洒洒，但却抽象虚玄，满是晦涩的专门术语，却很少去深入讨论一部文学作品。到后来，文学研究越来越离开文学，转而讨论电影、大众文化或文化研究中其他的各种项目。尤其在美国大学的学术环境里，这已经成为一种普遍情形，而且这种趋向也影响到其他地方，包括中国。美国比较文学学会2005年检讨学科现状提出的报告，就明确指出比较文学有丧失自身特性的危险。就像苏源熙在报告中所说，现在做一个理论语言学家可以不必懂许多语言，现在做一个文学研究者，似乎也可以"以研究文学为业而无需持续不断地讨论文学作品"①。文学研究逐渐脱离文学，也许这一现象本身正是当前社会状况的一个反映，因为电子媒体和数码化娱乐方式正在改变文化消费的基本习惯，在这种情形下，缓慢仔细的阅读好像效率极低，成了一种奢侈。但书籍和阅读的文化从来就是文学殿堂的根基，而在当前的文化消费市场上，尽管仍然有大量书籍出版，其内容却往往是娱乐、消闲，以及与大众消费相关的范畴，认真的文学阅读似乎在逐渐衰落，不断受到电脑数码技术和互联网通信的挑战。

不过在人文研究各个学科当中，比较文学似乎对自身的特性及相关问题最具自觉意识、最敏感。韦勒克和

---

① Saussy, "Exquisite Cadavers Stitched from Fresh Nightmares: Of Memes, Hives, and Selfish Genes", *Comparative Literature in an Age of Globalization,* p. 12. 中译可参见《中国比较文学》2004 年第 3 期，页 12。ACLA 的报告已部分译为中文，见苏源熙《关于比较文学的对象与方法（上）》，何绍斌译，林涧校，《中国比较文学》2004 年第 3 期，页 11–30；苏源熙《关于比较文学的时代（下）》，刘小刚译，施人校，《中国比较文学》2004 年第 4 期，页 15–30。我撰写的部分由我自己用中文改写发表，见张隆溪《从外部来思考——评 ACLA 2005 年新报告兼谈比较文学未来发展的趋势》，《中国比较文学》2005 年第 4 期，页 1–11。

其他一些学者早就说过，比较文学这名称定义得很不恰当，所以也许从一开始，就一直有比较文学身份特性的问题，或者说一直存在着比较文学的危机。就其名称而言，"比较"这个字既不能描述这一学科的性质，也不能描述其方法。我在本章开头已经说过，在追求知识当中，几乎任何学科在分析研究中都会使用比较。把两种或几种民族文学的作品简单并列起来，并不成其为比较的理由，所以把民族文学叠加起来并不就是比较文学，比较文学也并不仅仅是关注不同民族文学之间的相互关系。因此，比较的理由总需要不断论证。对于每一次成功的比较而言，不仅比较什么，而且如何比较，都是一个根本的问题。法国式的"事实联系"是在实际接触和历史关联中寻找比较的理由，美国式的平行研究则是在体裁和主题的契合中去寻找比较的理由。由于文学理论为不同文学作品的比较提供了一个复杂精细的基础，所以文学理论和比较文学有一种特别亲近的关系。就中国文学和西方文学而言，除近代以外，两者之间很少有实际接触和事实上的联系，所以文学理论对于中西比较说来，就更有特别重要的意义。换言之，中西比较文学往往需要在理论上有扎实的基础，才可以为具体的比较找到合理的依据和理由。

然而，一味高谈和空谈理论，对文学研究说来毕竟弊多于利。在美国的大学里，理论取代文学在文化研究中已成一个趋势，比较文学的危机也就比以往任何时候都更为急切。比较文学的危机是构成文学研究本身组织成分在逐渐消失的危机，是这一学科之文学基础逐渐消失的危机。从20世纪70至90年代，在文学研究中影响极大的解构理论，就往往使批评论述读起来更像抽象的哲学探讨，而不像是文学批评；语言学和符号学理论把文学视为一种文本，和其他文本并没有任何区别；女权主义、后殖民主义和新历史主义解读文学作品，都往往是为了意识形态的批判，而不是为其文学性的特质，而且这些理论都有一个基本的假设，即认为近代以前传统的文学，都代表了精英权贵的意识，表现出父权宗法制度或压制性政权的价值观，并与之有共谋的关系，所以在政治上都值得怀疑，应当彻底批判。所有这些都造成一种环境，使文学危机之说得以出现，甚至产生出文学或比较文学已经死去的说法。阿尔文·凯南（Alvin

Kernan）在1990年发表了《文学之死》一书，斯皮瓦克
（G. C. Spivak）在2003年发表了《一个学科的死亡》一
书，苏珊·巴斯奈特（Susan Bassnett）1993年发表《比
较文学批判导论》，也早已宣布了比较文学的死亡，至
少是传统意义上那种人文学科的比较文学已经死亡。为
文学研究发布这类讣告的人，心情可能很不一样，因为
对爱惜文学的学者们来说，文学或比较文学之死也许像
"诸神的黄昏"，令人觉得悲哀惆怅，然而在文化研究
某些激进的鼓动者们看来，这或许正是"高层文化之巴
士底狱的陷落"，令人振奋，值得庆幸①。然而悲哀也
罢，振奋也好，那种末日来临式的讣告似乎都在显露西
方文化和社会一个深刻的危机，也就是西方后工业、后
现代社会深刻的文化危机。

但宣告比较文学已"死"，和尼采宣告上帝已死
一样，多多少少是一种戏剧性姿态，是耸人听闻的夸
张，是一种论争策略，其目的正是希望重振那被宣告已
经死亡的学科。不仅如此，那种危机和死亡的说法大多

① Kernan, *The Death of Literature*, p. 10.

来自西方学界内部，所以究竟有多大的真实性，也颇值
得怀疑。比较文学已死的讣告无论说得多么有戏剧性，
其实都是虚假的，因为比较文学完全不理会这类威胁
性的预言和警告，一直继续存在下去。有人认为比较文
学已死的一个原因，也许在于比较文学至今仍然大致是
一个局限于以欧洲或以西方为中心的学科。可是，文学
研究可以做的一切，难道真的都已经做完了吗？欧洲和
北美的比较学者们对西方以外文学传统里的重要作品，
难道已经像对西方新的和老的经典那样熟悉了吗？在这
一点上，甚至在政治和思想意识上针对欧洲殖民主义而
兴起的后殖民主义研究，也并没有真正超越欧洲中心主
义，因为其批评的注意力仍然集中在欧洲强权国家及其
前殖民地之关系上，而现在这些国家之间除政治的关联
之外，还有语言上的关联。如英语在印度和非洲一些地
区，西班牙语在墨西哥和南美诸国，都显出殖民与后殖
民之间的联系。正如艾米莉·阿普特尔（Emily Apter）
所说："甚至新形式的后殖民主义比较研究，由于继续了
帝国时代不同语言的区域划分，无意间也就持续了新殖

民主主义的地缘政治。"①在我看来，比较文学要进一步
成长发展，就必须真正超越欧洲中心主义，包括超越西
方过去曾控制过的地域。从这种真正全球的眼光看来，
我们的视野和胸襟就会广阔得多。比较文学如果说在西
方正在经历某种危机，那么超出欧美学院的范围去看非
西方世界，情形大概就很不一样。因此，我们大可不必
去附和比较文学已经死亡的悲观论调，而应该从我们自
己的环境出发去看问题。东西方比较文学可以说才刚刚
开始真正起步，未来还有许多发展的空间和机会。我们
需要的是信心和勇气，需要新的、真正开阔的全球视
野，只有这样的眼光和视野才可能使我们对比较文学及
其未来，有更充分全面的了解。

四、全球眼光与多元视野

可以说自有文学以来，就有文学的比较。我们只要

---

① Apter, "*Je ne crois pas beaucoup à la littérature comparée.*,
Universal Poetics and Postcolonial Comparatism", in Saussy (ed.),
Comparative Literature in an Age of Globalization, p. 55.

看古希腊与古罗马的互动、佛教经典如何传入古代中国和东亚、拉丁文学与欧洲中世纪乃至近代文学的关系，以及古代世界各种文本的传播和相互影响的其他例子，就可以明白文本和文学比较的历史，远远早于作为一门学科的比较文学的历史。这种历史的观点也可以使我们明白，只要有文学，就必然有比较文学。就文学而言，在拉丁美洲、印度、中国，乃至整个东亚和东南亚，还有中欧和东欧，由于社会政治环境与西欧和北美有所不同，文学与社会的关系也就大不一样。就比较文学而言，这些地区很多地方并没有出现比较文学衰颓死亡的迹象，恰恰相反，起码就中国的情形说来，比较文学确实还有进一步发展的可能。

与此同时，在西欧和北美，越来越明显地产生了对于非西方文学和文化的兴趣。真正全球性的世界文学观念，最近重新成为许多学者讨论的问题，英文编著的世界文学选集已经出版了好几种。大卫·丹穆若什（David Damrosch）著《什么是世界文学？》，就特别注重打破过去以西方文学取代世界文学的欧洲中心主义偏向，用很多篇幅讨论古代中亚、埃及和美洲的文学创作。由一些瑞典学者发起，包括世界各地一些学者在内，有在数年内撰写一部文学之世界史的庞大计划，这个计划的核心，也是要打破欧洲中心主义的局限，完成一部有取舍、有轻重、又尽量能描绘世界文学全貌的文学史。西方学界产生了批判西方中心主义的意识，对非西方文学越来越感兴趣，而在西方之外的许多国家和地区，翻译文学从来就很受读者欢迎，喜爱文学的读者大多对西方文学中的主要作品，也都有一些基本的了解。所以，东方和西方都有互相了解的意愿，这就成为比较文学在我们这个时代可以进一步发展的一个有利因素。

比较文学从一开始就是以世界主义的头脑和眼光，超越语言、地域和民族的界限，去看待和思考各民族的文学和文化。在我们这个时代，从世界事务到人们的日常生活，全球化已成为一个普遍事实，比较文学的研究者们更需要有一个真正全球的眼界。这就是说，我们要有打破欧洲中心或西方中心局限的眼界，以全球的眼光和多元的视野去看待世界文学，充分认识文学表现和审美意识的丰富多彩。在西方学界，早在20世纪60年代就有法国学者艾田蒲（René Etiemble），近年则有西班牙学者克劳迪欧·纪廉（Claudio Guillén）这样的比较学者，他们极力主张超越欧洲中心那种沙文主义的偏见和局限，推动东西方比较研究。他们呼吁比较文学的研究者不仅要去认识和欣赏中国、日本、印度、阿拉伯或波斯的文学，而且要去认识和欣赏在国际范围内人们还知道得不多、研究得甚少的所有文学，使比较文学真正具有包容一切的普遍性，实现包罗万象的世界文学那个梦想或者理想。

然而超越欧洲中心并不是用一种民族中心主义或种族中心主义，去取代另外一种，或者用东方的经典去替换西方的经典。比较文学的全球眼光和多元视野意味着平等看待世界所有国家和地区的文学，尊重文化之间的差异，并努力去理解这些差异。东西方研究或广阔的跨文化研究之目的，就是要打破研究单一民族文学那种传统路径，更好地去分析、理解和欣赏文学作品，指出其意义和价值，尤其要能见出局限在单一文学传统中看不见的那些意义和价值。让我举一个具体例子来说明这一点。在世界各国文学中，语句之间的平行对应（parallelism）是诗歌的一个普遍特点，我们在旧

约《圣经》中，在俄罗斯史诗中，在西班牙罗曼采罗
（romancero）中，在法国普罗旺斯情歌中，在中国古
典诗词中，在阿兹特克人的歌谣中，在许多各不相同的
文学传统里，都可以看到诗歌语言的这一个特点。其实
这一特点不仅在诗里很重要，甚至在散文里也是如此。
读起来抑扬顿挫、气势磅礴的排比句，就是这种平行对
应形式在散文里的表现。许多著名学者，如罗曼·雅各
布森、迈克尔·里发特尔（Michael Riffaterre）、艾米
略·洛拉克（Emilio Alarcos Llorach）、詹姆斯·库格
尔（James Kugel）、沃尔夫冈·斯坦尼茨（Wolfgang
Steinitz）、齐尔蒙斯基（V. M. Zhirmunsky）等人，都研
究过诗歌中这一平行对应现象的起因和构成。其中齐尔
蒙斯基的研究由于征引丰富，并具理论性总结，也就尤
其著名。

齐尔蒙斯基引用了从中世纪到16世纪各种文学作品
为例证，发现在欧洲文学里，随着音步数目逐渐固定，尾
韵逐渐发展，语句的平行对应就越来越不那么重要，这
几乎是一条规律。于是他得出结论说，在诗句的上下联
系中，一旦尾韵占据主要，成为这种联系自动而且必须

采用的手段，平行对应和头韵（alliteration）也就必然逐渐衰退。现代自由体诗放弃了尾韵和数目一定的音步，平行对应即诗句句法的重复似乎又重新出现了，这从美国诗人惠特曼、苏联诗人马雅可夫斯基和西班牙诗人文森特·亚历山德尔（Vicente Aleixandre）等人的作品中，都可以找出例子，得到清楚的证明。所有这些好像都说明，诗只要用韵，诗句的排比对应就不那么重要，于是平行对应与尾韵似乎互相对立，形成彼消此长的趋势。然而，这是否就是诗歌语言一个带普遍性的规律呢？

从全球视野的角度看来，我们重新审视齐尔蒙斯基的理论总结，就发现其中有些问题，因为在中国古典诗中，对仗和尾韵并不互相隔绝，更没有形成彼此对立的关系。中国诗不押韵就几乎不成其为诗，律诗在押韵之外，又要求严格的对仗。不仅律诗讲究用韵严格，对仗工整，而且算是散文的赋和骈文也讲究对仗，也会用韵。像王勃《滕王阁序》"落霞与孤鹜齐飞，秋水共长天一色"，苏轼《赤壁赋》"惟江上之清风，与山间之明月，耳得之而为声，目遇之而成色，取之无禁，用之不竭"，对仗都十分工整，但都不是诗，而算散文。中国旧诗，尤其律诗，对仗就更是必需的了。中西诗在用韵和平行对应方面的不同，也许和语言的特性有关，因为汉语有很多单音节词，有声调的区分，这就和多音节词而且词中有重音的欧洲语言很不一样。不过中国诗用韵和对仗同时并存，对于齐尔蒙斯基以欧洲文学为基础做出的理论总结，的确就提出了挑战。这绝不是贬低齐尔蒙斯基出色的研究，也不是否定他的结论来建立某种普遍适用的诗学原理。但从全球视野的角度看来，我们确实可以认识到，尽管齐尔蒙斯基提出了极为丰富的文本例证，那些例证毕竟还不全面，还局限在西方文学传统的范围之内。中国文学里用韵和对仗之间的关系与西方的情形不同，这个例子就告诉我们，必须注意不要把西方的提法，都视为具有普遍意义或已经普遍化的理论原则。我们这样做的结果，不是要得出一个包罗万象的普遍结论，而是要更好地理解平行对应的性质和构成，认识不同语言文学传统中文学形式的丰富多样。

平行对应可以说正是比较文学本身一个恰当的比喻，因为我们比较不同文学和文化传统中的作品和思想，就会把这些作品和思想在两个或多个系列中并列起来，审视其间的关联、契合、差异、对比和模式，看它们如何互相启发照应。诗中对仗时，一联诗出句和对句所用的字在音调、意义和词性等各方面都必须彼此对应，同样，在比较文学研究中，来自两种或多种文学传统的文本、意象、体裁或流派也必须彼此对应，展现出某种意义或者规律。诗的对仗明显告诉我们，一行诗句不会孤立存在，而总是和另一行诗有某种关联，因此在本质上就有比较的性质。如果我们记住一联诗上下两句如何对仗，我们就可以知道这个比喻是多么恰当，因为彼此对应的两句诗绝不会是简单的重复或应用，第二行诗绝不会单单跟随第一行，更不会依样画葫芦式地纯粹摹仿。相对的两句诗相互之间是一种平等对话的关系，如果第二句仅仅重复第一句，那就不会有什么对仗。把这个比喻的意思讲明白，我们就可以说，中西比较文学绝不能仅仅把西方的理论和批评方法简单应用到东方的文本上，而必须以东西方共有的基本理论问题为基础，这些理论问题在东方和西方传统中可能有不同的表现方式，但相互之间却必定有可比之处，探讨这些可比之处，加深我们对不同文学作品的理解和认识，这就是比较文学研究应该去做的事。

五、结语

比较文学自19世纪产生以来，就超出民族传统局限的眼光，不断扩大文学研究的领域和视野。比较文学使学者们和读者们都认识到，不同语言和文化传统的文学作品在意象、观念、主题等很多方面，都互相关联，有可比之处，而且通过比较，既能显出不同传统的相似与契合，也可以彰显各自的特点。在西方，比较文学在很大程度上仍然是以欧洲为中心或以西方为中心，也因此而表现出局限甚至产生了危机。要进一步发展，就必须打破欧洲中心主义，在世界文学广阔的范围内，以全球的眼光来欣赏文学创造之多样性和无穷的可能性。以此看来，东西方的比较或中西比较文学，将有很大的发展空间和取得成果的机会。

2

中西比较文学的挑战和机遇

一、从边缘走向中心

在前一章"引论"中，我简略讨论了比较文学在西方的历史和现状，强调东西方比较研究之重要，说明我们要使比较文学真正有所突破和发展，就不能把西方理论和方法机械应用到东方的文本上，而必须打破欧洲中心主义，以东西方共有的基本理论问题为基础，以全球的眼光和多元的视野来研究世界文学。在中国，上海商务印书馆早在1930年就出版了法国学者罗力耶（Frédéric Loliée）的《比较文学史》，由傅东华从日文和英文转译为中文，数年后，又出版了戴望舒直接由法文翻译的梵第根（Paul van Tieghem）的《比较文学论》。这说明比较文学在中国从一开始，就和西方的研究密切相关。从那时以来，中国学者从事比较文学研究，就已经形成自己的历史，也取得了许多成就。20世纪七八十年代，比较文学在台湾和香港曾有蓬勃发展，80年代以来，比较文学更在内地成为一个重要的学科。不过中西比较文学要求研究者对中国和西方的语言、文学和文化传统都要有相当程度的了解，有范围广阔的知识储备，有独立思考和深入分析的能力，同时要熟悉国外的学术研究状况，所以并不是那么容易就可以得其门而入，更不用说登堂入室，取得出色的研究成果了。既然比较文学的性质决定了我们必须超越单一民族传统的视野来看问题，中西比较文学更要求我们对西方的研究状况有深入了解，所以我在这一章要讨论的重点，不是中国比较文学的历史或现状，而是在当前的国际学术环境里，我们要推展比较文学研究会面临怎样的挑战，以及我们应该如何回应这些挑战。换言之，本章讨论的重点是如何使东西方比较研究成为国际比较文学一个无可置疑的重要部分。

也许出于偶然巧合，两部讨论比较文学的英文专著都在1993年出版。一部是苏姗·巴斯奈特所著《比较文学批评导论》，由布拉克威尔（Blackwell）出版社在英国刊印。另一部是克劳迪欧·纪廉所著《比较文学的挑战》，原著用西班牙文写成，初版于1985年，英文译本也在1993年由哈佛大学出版社出版。在此之前一年，1992年3月至6月号的《加拿大比较文学评论》也刊载了几篇文章，检讨学科领域的变化发展。此外，还有一本与中西比较文学有关的论文集，由张英进主编，题为《多元世界里的中国》（*China in a Polycentric World : Essays in Chinese Comparative Literature*），1998年由斯坦福大学出版社出版。更近一些，则有美国比较文学学会检讨学科现状所提出新的十年报告，由苏源熙（Haun Saussy）主编，2006年由约翰·霍普金斯大学出版社印行，书名题为《处在一个全球化时代的比较文学》。这书名很明显地表示，在我们时代当前的状况下，有必要重新检视比较文学的现状。除此之外，当然还有别的文章讨论比较文学的状况，不过就我上面提到的这些书籍和文章已经足以说明，在比较文学领域出现了自我审视和检讨的趋势。这一趋势的出现看来有两个主要原因，一个是文学理论的普遍影响，另一个则是与理论影响密切相关的一个现象，即西方学界对非西方的第三世界文化和文学，产生了越来越大的兴趣。这些趋势和迹象似乎都表明，现在正是大力发展东西方比较文学的大好时机，可是实际情形却又不是那么简单。尤其在西方，许多学者对跨越东西文化界限的比较仍然充满怀疑，甚至觉得两者根本是风马牛不相及，无从比较。就是在中国，对跨越东西方文化差异的比较，也有不少人表示怀疑。所以东西方文化和文学的比较研究还面临许多困难和挑战，在学术界还处于边缘，要成功改变这种情形，也绝不是轻而易举的事。

巴斯奈特的《比较文学批评导论》提出一个论点，即比较文学已经死亡，或至少是传统意义上作为人文学科的那种比较文学已经死亡。巴斯奈特说，新派的比较文学正在脱离欧洲中心的传统议题，质疑欧洲文学大师们制造的西方经典，而这一新趋势的发展特别有赖于女权主义和后现代主义理论的推动。她非常明确地宣称说："我们现在有了一个后欧洲式（post-European）的比较文学模式，这个模式重新考虑文化身份认同问题、文学经典问题、文化影响的政治含义问题、文学史和时代划分等关键问题，同时又坚决拒绝美国学派和形式主义研究方法那种非历史性。"①巴斯奈特所谓"美国学派"和"形式主义研究方法"，指的是纯粹着眼于审美价值去研究文学，而不顾及文学的民族性和政治经济的社会环境，指的是相信杰出的文学作品可以表现普世价值，具有使人向上向善而深化人性的效力。在她看来，这一类想法都早已过时，而且完全没有认识到文学的政治和历史的性质。可是我们从前面一章讨论比较文学在二战之后的发展，就可以认识到所谓"美国学派"抛弃以民族和民族文学为基础的研究方法，绝不是出于什么"非历史性"，却恰好是由于第二次世界大战前后历史的变化，由当时的政治和历史环境所决定的。狭隘民族主义是造成各民族互相冲突、导致世界大战的重大原因之一，这是战后世界里人们的普遍共识，也是所谓"美国学派"抛弃以民族文学为基础的比较文学观念的历史原因。至于所谓"形式主义研究方法"，那并非某一民族的特性，更不是美国比较学者独具的特点。熟悉西方

① Bassnett, *Comparative Literature: A Critical Introduction*, p. 41.

文论的人都知道，还有所谓"俄国形式主义"，而且这种"形式主义研究方法"对于当代西方文论的发展，曾经产生过很大影响。

巴斯奈特一面宣称传统人文研究意义上的比较文学已经死亡，另一方面又说新的比较文学改换了形式，"经过政治化而重新获得了生命力"（revitalized and politicized），活跃在性别研究、文化研究和翻译研究之中。她特别强调，这种政治化的比较文学与民族意识密切相关，于是她进而讨论民族身份认同问题，讨论东方主义和后殖民主义理论，而且就英国比较文学研究而言，主张比较英伦各岛的文学，审查英格兰作为殖民者和爱尔兰作为被殖民者之间的关系。我们阅读一本比较文学导论，期待的是比较文学研究视野的开放扩大，而不是眼界和心胸的收窄缩小，而巴斯奈特的书给人的印象，却恰好是后者，因为她宣称"不列颠比较学者应该做的事"，就是比较英格兰、爱尔兰、苏格兰和威尔士的文学，注意当中殖民与被殖民的关系①！殖民与被殖

---

① Bassnett, *Comparative Literature: A Critical Introduction*, p. 48.

民固然是重要问题，可是英国比较学者们如果只是去比较英格兰、爱尔兰、苏格兰和威尔士的文学，而不知在不列颠之外还有欧洲，在欧洲之外还有更广大的世界，如果其他各国的比较学者也都依照这一模式，只研究自己国家殖民和被殖民的历史，关注自己的文化身份认同和民族主义问题，那就实在是学者眼界的急剧收缩，不能不令人失望。巴斯奈特固然也提到英国以前的殖民地印度，提到拉丁美洲的比较文学，认为那里的作家们在后殖民世界里，提出了民族和文化身份认同的问题，但是在她构想的欧洲之外的比较文学里，却几乎见不到东亚和中国的影子。因此，对于东西方比较文学或中西比较文学而言，巴斯奈特这本《导论》实在和我们所期待者相差甚远，对我们也不能提供什么帮助。

巴斯奈特把她所谓"新派比较文学"的未来与民族主义的命运联在一起，也令人怀疑是否明智。在第二次世界大战之前，欧洲比较文学与民族意识的关系就很密切，但世界大战暴露了狭隘民族主义和爱国主义的局限，就是在今天，我们仍然不能不汲取这段历史的教训。后殖民主义理论确实常常讨论民族意识和文化身份认同的问题，但这类讨论对中西比较文学有什么益处，仍然不无争议①。在中国近代历史上，我们可以清楚看到文化上的民族主义很容易与政治上的保守主义结成同盟，一起来压制政治经济上的改革以及语言文学表现方式上的革新，而民族主义论述中暗含的东西方对立的思想，也很难为文学和文化研究提供一个有建设意义的模式。

　　巴斯奈特的书大谈比较文学在西方的危机和死亡，又大谈在东方后殖民世界里的民族主义和文化身份认同的焦虑，通篇给人以冲突和斗争那种急切紧张的感觉，却好像完全忘记了许多人之所以阅读文学、研究文学，根本是出于全然不同的另一个原因，一个简单得多，但也愉快得多的原因，那就是罗兰·巴特曾称为"文本的

---

① 德里克对后殖民主义的理论家曾提出尖锐的批评，参见 Arif Dirlik, "The Postcolonial Aura: Third World Criticism in the Age of Global Capitalism", *Critical Inquiry* 20 (Winter 1994) : 328–356. 另一些学者对后殖民理论是否可以应用于中国研究，也提出了不同程度的批评意见，参见 Gail Hershatter, "The Subaltern Talks Back: Reflections on Subaltern Theory and Chinese History", *Positions* 1 (Spring 1993) : 103–130; 以及 Jing Wang, "The Mirage of ' Chinese Postmodernism' : Ge Fei, Self–Positioning, and the Avant–Garde Showcase", *Positions* 1 (Fall 1993) : 349–388.

快乐"（*Le Plaisir du texte*）的那种原因。巴斯奈特那种
"政治化"的比较文学概念摒弃了形式和审美价值，就
几乎不可能有什么文本的快乐。这不仅使文学研究越来
越脱离读者阅读文学的实际经验，而且也越来越脱离了
文学本身。可是，难道文学只是社会文献或政治宣言，
表露的只是一个人意识形态的趋向、文化身份的认同，
或民族主义的情绪吗？难道我们必须把"纯粹审美的"
和"纯粹政治的"理解为势不两立的两个极端吗？对中
国人和研究中国文学的学者们说来，文学和政治相关这
种观点并不是什么新玩意儿，因为在20世纪相当长的一
段时期，中国的文学批评曾经宣称文学是阶级斗争的工
具，文学必须为政治服务，其结果是把文学变成干涩枯
燥的政治宣传品。所以我们对于把文学和文学研究政治
化的危害，不能不特别警惕。

　　《加拿大比较文学评论》1992年3—6月讨论学科
现状的专号，一开头是编者乔纳森·哈特的导论，他在
文章里并没有说比较文学在西方已经衰亡，而在后殖民
世界里又获得了新生和发展，所以并没有把东西方做
戏剧性的对比。他倒是认为比较文学在不断"扩展"，

即不断跨过语言和文化的界限，但这种扩展"并不是
一种帝国式的扩张，而是对我们使用的方法以及我们意
识形态的前提，有越来越强的意识或自我意识"①。比
较学者们之所以产生这样强烈的自我意识，原因又是文
学理论的影响，从结构主义到解构主义、从形式主义到
马克思主义和女权主义、从雅各布森到巴特和德里达，
哈特举出了一连串理论家的名字。在谈到对西方文学和
传统欧洲中心主义观念提出的挑战时，哈特认为在文化
批判和后殖民主义理论的新潮流后面，起重要推动作用
的是"被压迫者、殖民、后殖民的理论家们，例如爱
德华·萨义德、斯皮瓦克、霍米·巴巴等人"②。虽然
《加拿大比较文学评论》和其他一些刊物如《比较文学
研究》（*Comparative Literature Studies*）近年来都经常
发表一些东西方比较的文章，可是和巴斯奈特那本书一
样，哈特这篇综述性质的导论却几乎完全没有谈到中

---

① Jonathan Hart, "The Ever-changing Configurations of Comparative Literature", *Canadian Review of Comparative Literature/Revue Canadienne de Littérature Comparée* 19 (March/June 1992) : 2.
② 同上书，页 3。

国、韩国、日本即东亚的文学和文化。

东亚文学和文化在此的缺席倒也并不令人感到特别意外，因为对传统西方文学研究方法的挑战毕竟来自西方文学研究机构内部，而东方主义和后殖民主义理论本身正代表了西方文学理论在这些机构中发生的最新变化。这一点在十多年前美国比较文学学会发布的所谓"伯恩海默报告"（Bernheimer report）以及回应此报告的多篇论文中，也可以看得很清楚。这份报告和相关的论文反复讨论比较文学的性质、方法和内容，争辩比较文学应该以文学研究为主，还是以文化研究为主，可是却始终没有提到东西方研究，更没有把它作为有潜在发展可能的领域来讨论。不过我在这里指出，这些检讨比较文学现状的文章多多少少都忽略了东西方研究，并不是要抱怨这些文章的作者偏颇不公或目光短浅，而首先是承认一个事实，那就是欧美的比较文学在传统上关注的是西方文学的主题、观念及相互关系，在西方当前的比较文学研究中，东西方比较仍然处于边缘地位。但指出东西方比较的边缘地位，也就说明这种研究仍然是一片有待耕耘的沃土，仍然还有很多潜在的发展可能，比较学者们在其中还可以大有作为。换言之，我们要加倍努力，才可能使东西方比较成为全部比较文学有生命力的一个重要部分，成为国际比较文学一个不容忽视的部分。

在此我应该说明，东西方比较文学的重要性并不是完全被人忽略，这一领域也绝不是一片没有人开垦过的处女地。且不说在20世纪早期，中国已经有比较文学的翻译介绍，也取得不少成果，在20世纪70年代初，台湾和香港已有许多学者开展了比较文学研究，而自20世纪80年代以来，比较文学更在内地成为一门新兴的学科，得到蓬勃发展。在美国，也有为数不多的几所大学为东西方研究提供了绿洲式的园地，举办过以东西方研究为主的研讨会，并有一些学术刊物发表有关论文。中国和海外比较学者们的研究成果，为东西方研究的进一步发展奠定了基础，提供了可贵的参考和启迪，这些都是毋庸置疑的。在我看来，迄今为止写得最好的比较文学导论是克劳迪欧·纪廉所著《比较文学的挑战》，他在这本书里就不仅充分承认东西方比较研究的重要，而且宣称从事东西方研究的比较学者们"大概是比较文学领域里最有勇气的学者，从理论的观点看来，尤其如此"。

他甚至进一步指出，东西方比较打开了东方文学的宝藏，使比较文学打破欧洲中心主义，扩展了研究的范围和眼界，所以在国际比较文学研究中，这是"一种真正质的变化"①。然而我们还是应该清醒地认识到，欧洲文学或欧美文学的比较已经得到充分发展，相比之下，东西方比较就毕竟还是一条新路，在西方学院的环境里，其正当性也还面临着各种质疑和挑战。

正如纪廉所说，东西方研究"在三四十年前，根本就不可能成立。那时候的比较研究完全着眼于国际关系，即杨-玛利·伽列（Jean-Marie Carré）那句令人印象深刻的话，所谓'事实的联系'（*rapports de fait*）。即使在今天，不少学者对于超越民族范畴和体裁界限的比较研究，仍然极不信任或至少是十分冷淡"②。研究比较文学的学者，尤其是研究东西方比较文学的学者，大概都常常遇到来自学院里各专业领域的不信任、冷淡、质疑，甚至敌意。比较文学既然要跨越学科界限，中西比较更要跨越巨大的文化差异，就必然会走进或者

---

① Guillén, *The Challenge of Comparative Literature*, p. 16.
② 同上书，页85。

说侵入其他各类学科的专业领域，专家们对此会产生怀疑甚至敌意，又有什么可奇怪的呢？专家们往往质疑比较研究缺乏深度，挑剔许多技术性细节的把握，对于比较学者们说来，这些都是一种鞭策，逼使我们把研究做得更细致、更深入。所以对比较学者说来，这种质疑和挑战并不是坏事。可是，专家们的质疑有时候也不完全是出于专科学问的严谨，或对相关问题的深度了解，而也有可能是由于他们的眼光相对局限，心胸相对狭隘。其实，任何一个学科领域的领军人物和第一流的专家，都会了解自己专业领域存在的问题和局限，也总会力求超越这类局限，而一个真正优秀的比较学者也首先应该是某一领域的专家，然后是一个兴趣、知识和眼光都广泛开阔得多的专家。精专与广博本来就好像是学术的两条轴，缺一不可，只有两方面都得到充分平衡的发展，才不致单薄偏枯，也才可能绘制出色彩绚丽的图画。随着知识领域的扩大，随着专门研究的深入，学科的分化和专家的出现都是势所必然，但超越专科的局限，却是抵达另一境界的必然途径。

二、中西比较面临的挑战

否认或至少怀疑中西比较文学，通常是综合两种不同的看法，一种是指出中西文学之间，尤其在近代以前的很长一段时间里，并没有什么真正的接触（即没有"事实联系"）；另一种则是文化相对主义的看法，强调东西文化之间的本质差异，而且总是把中国视为构想出来的一个西方的反面。有人把这两种看法综合起来，再加上文学研究应该"政治化"的观点，批评中西比较文学是一种"理想主义"和"乌托邦"空想。我想就以此作为一个例子，来说明中西比较文学面临的挑战。虽然这一挑战来自海外的学者，也许在国内并不经常遇到这样的问题，但我在前面已经说过，中国的比较学者们必须了解当前国际学术界的情形，不能只满足于关起门来自说自话，还自以为两者之间没有距离和隔阂，所以了解国外学者对中西比较文学提出的质疑和挑战，对我们说来很有必要。

那位否认中西比较文学的批评者站在西方当代理论的立场，对汉学和中西比较文学都提出了批评。他认为传统的汉学固执保守，拒绝接受当代西方理论，不了解语言和现实之间完全不是简单对应的关系，却天真地以为通过汉学家识得汉字的语言功夫，就可以认识到现实和文本的真实意义。至于中西比较文学，他则认为其错误不在拒绝理论，而在接受了形式主义和人文主义那类错误的理论，没有跟上最新的后现代理论潮流。在这位批评者看来，汉学和中西比较文学还有另一个错误，那就是希望有一种客观、中性、不带任何意识形态色彩的文学研究。他宣称中西比较文学"基本上是一种乌托邦式的设想"，特别在涉及近代以前的文学时，是被"铭刻"在"一片不可能的学科空间里"。中西比较要跨越东西方根本的文化差异，找出共同的理论问题或获取比较诗学的某些洞见，在他看来，就不可能"处理中国文化客体那种根本的他者性（the radical alterity）"①。可是从什么角度看来，或者说在谁的眼里，中国文化客体才展现出"那种根本的他者性"呢？这一提法本身不就明明预设了一个外在的观点？这不就是说，只有从西

---

① David Palumbo-Liu, "The Utopias of Discourse: On the Impossibility of Chinese Comparative Literature", *Chinese Literature: Essays, Articles, Reviews* 14 (1992) : 165.

方的立场出发，才可能谈论中国和中国文学的"他者性"，才可能判断那种"他者性"有多么"根本"吗？然而要做这类判断，前提是对中国文化和文学这样巨大而复杂的传统，必须先要有一个全面的了解，对西方文化和文学这同样巨大而复杂的传统，也要有一个全面的了解，因为只有对东西方文化的全部都了解透彻之后，你才可能看出二者之间是否有"根本的"差异。然而在事实上，那些断定中西文化毫无可比之处者，那些宣称中国文学和中国文化具有"根本的他者性"者，大多恰好是对中国文化既不甚了然、对西方传统也知之甚浅者，他们并没有全面透彻地了解东西方文学和文化，而只是把丰富的文化传统极度简单化，做一些漫画式的描述，依据的只是一些想当然的印象，表述的也只是一些公式化、概念化的成见或者偏见。

由此我们可以明白，所谓中国文学和文化之"根本的他者性"不过是西方意识形态的建构，而绝非什么独特中国本质的真确再现。不仅如此，那位批评者把东西方比较文学视为"乌托邦"，又不断把乌托邦等同于逃避意识形态的一种天真幻想，更显出他对西方传统也缺乏了解。乌托邦乃是理想社会的设计蓝图，可以说从来就代表一种意识形态，或是对某种意识形态的批判。托马斯·莫尔的名著《乌托邦》表面看来也许像是虚无缥缈的幻想，但正如研究乌托邦的学者贝克尔–史密斯所说，那是一种"政治的幻想"[①]。《乌托邦》第一部并没有描述一个虚构的理想社会，而是对莫尔时代英国社会的强烈批判，尤其是对圈地运动和纺织业的发展，即对所谓资本主义原始积累阶段的批判。正是在社会批判的基础上，莫尔描绘出一个并不存在的理想社会，名之曰"乌托邦"，而他从希腊语杜撰这个新词的含义，既是"乌有之乡"（Utopia），又暗示"美好之乡"（Eutopia）。所以政治学家斯金纳说，在那本名著里，莫尔关注的"不仅仅是、甚至不主要是那个乌托邦岛，而是'最佳的政体'"[②]。为了实现建立"最佳政体"即一个理想社会的目标，莫尔在《乌托邦》里设

[①] Dominic Baker–Smith, *More's Utopia* (London: Harper Collins Academic, 1991) , p. 75.

[②] Quentin Skinner, "Sir Thomas More's Utopia and the Language of Renaissance Humanism", in Anthony Pagden (ed.) , *The Languages of Political Theory in Early-Modern Europe* (Cambridge： Cambridge University Press, 1987) , p. 123.

计了一种消灭私有制的简单生活方式。

在过去两三百年中，人们的确常常把乌托邦和乌托邦主义与社会主义相联系。当然，马克思和恩格斯曾批判乌托邦社会主义，认为那是幼稚甚至反动的空想，并认为马克思主义作为理想社会真正科学的理论，已经取代了乌托邦社会主义。可是，当代思想对19世纪的科学主义和黑格尔式对所谓事物发展"客观规律"的强调，已经有了批判的认识，于是把乌托邦视为空想并与科学社会主义对立起来，也就丧失了说服力。20世纪西方一些著名的马克思主义者，尤其像赫伯特·马尔库塞（Herbert Marcuse）、恩斯特·布洛赫（Ernst Bloch），还有当代美国的马克思主义理论家詹明信（Fredric Jameson）等人，都坚持认为乌托邦的理想具有改变社会的、革命的意义①。另一方面，许多研究者又常常把乌托

① 关于西方马克思主义中"乌托邦冲动"的复兴，可参见Fredric Jameson, *Marxism and Form: Twentieth-Century Dialectical Theories of Literature* (Princeton: Princeton University Press, 1971)，页110–114（关于马尔库塞）和页120–158（关于布洛赫）。有关强调乌托邦理想政治和意识形态方面的意义，可参见Vincent Geoghegan, *Utopianism and Marxism* (London: Methuen, 1987).

邦与现代政治现实中国家形态的社会主义，例如苏联和
东欧等社会主义国家相联系。但正如克利杉·库玛所说，
乌托邦的观念并不等同于社会主义，而20世纪80年代末
90年代初东欧的变化和苏联的解体，也并不意味着社会
主义的终结或历史的终结，更不是乌托邦的终结①。所以
总括起来我们可以说，乌托邦绝不是凭空虚构，而是带
有强烈的政治和社会意识形态的色彩；把乌托邦等同于
一种逃避政治的幻想，那不过是对乌托邦的无知，而且
恰好是政治上十分幼稚的看法。

　　对乌托邦、政治、意识形态等概念，我的理解和否
定中西比较文学那位学者的看法很不相同，这种差异当
然和我们各自不同的政治、文化环境有关，在一定程度
上，可以说这也代表了西方的比较文学与我们要建立的
中西比较文学之间的差异。我们在此也可以看出，在西
方当前的文学和文化研究中，哪些概念和思想处于中心

---

① Krishan Kumar, "The End of Socialism? The End of Utopia? The End of History？" in Krishan Kumar and Stephen Bann (eds.)，*Utopias and the Millennium* (London: Reaktion Books, 1993)，pp. 63–80. 有关乌托邦更全面的论述，可参看 Krishan Kumar, *Utopia and Anti-Utopia in Modern Times* (Oxford: Basil Blackwell, 1987).

地位，哪些又处于边缘。那位否认中西比较文学的批评者并不认为一般的比较文学不可能，因为比较文学在西方不仅可能，而且早已成熟，具有自己稳定的地位，他所谓处在"一片不可能的学科空间里"那种"乌托邦"空想式的东西，指的是中西比较文学。这当然毫不足怪，因为某些西方汉学家，还有某些治中国文学或历史的中国学者们，总认为中国文学和中国文化的传统独特无"比"，所以对中西比较研究，他们总是投以不信任的眼光。另一方面，一些西方理论家和批评家则抱着文化相对主义观念，一味强调文化之间的差异，所以也怀疑跨文化的比较研究。这样一来，寻求中西文学和文化之间可比性的努力，往往一方面受到研究中国传统的专家们的怀疑，另一方面又被西方的理论家和批评家们忽略或鄙视。但是，无论中西比较文学面临怎样的挑战，或者说正因为这种挑战，我们更应该努力去争取获得有价值的成果。在当今世界，中国正在逐渐摆脱近二百年来贫弱的状态，中国和中国文化在国际上引起越来越多的人注意，中西比较文学也必然会由边缘逐渐走向中心。这当然只是就总趋势和大环境而言，真正要改变现状，使中西比较成为一个重要的研究领域，我们还需要做大量的工作。

三、文学理论与中西比较

对于否认中西比较，最有力的驳斥应该是来自中国比较文学研究者们的共同努力，因为比较文学，尤其是中西比较文学，在我们这里已经成为一个活跃的研究领域，得到了相当程度的发展。有关中国文学、中国哲学和整个中国文化传统最好的学术研究成果，都往往具有比较的性质。钱锺书先生的《谈艺录》《管锥编》以及其他一些学术论文，就是最有说服力的代表。钱锺书的著作不能简单归入比较文学一类，但他总是旁征博引，用多种语言、多种文化传统的文本来比照和说明中国古代典籍，具体讨论其中的问题，就为我们的比较研究树立了最佳典范。像钱锺书先生那样读书多、思考深、真正说得上学贯中西的学界前辈，对东西方文化传统都有超出一般专家的了解、认识和修养，就绝不会轻言文化的独特性，更不会断言东西方毫无共通可比、相互借鉴之处。往往是读书少、知识面较窄的人，反而勇气与眼界成反比，见识越少，胆子越大，越敢于一句话概括东方，再一句话又概括西方，把东西方描述成黑白分明、非此即彼的对立。其实文化之间必然是既有差异，又有相似或类同，文化上的同与异往往只是程度之差，而非种类之别，而跨文化研究也总是能为学术的进展开辟一片新的领域。现在已经有越来越多的学者们认识到，即便是研究我们自己的文化传统，也需要多元的眼光和开阔的视野，需要在跨文化的背景上来展开讨论，才理解得更深刻，认识得更真确。随着学术视野的扩展，我们可以抱着审慎乐观的态度预言说，中西文学和文化的比较研究必将越来越成为学术发展一条新的、充满了希望和前途的路径。

我在前面提到过纪廉的《比较文学的挑战》，虽然他本人研究的范围是西方传统而非东方文学，但他在这本书里特别指出，东西方研究是比较文学将来很有发展前途的领域。他的比较文学概念不是以集体或民族为基础，而是以"超民族"（supranational）概念为基础，即不是以民族文化传统及其相互关系为起点，却是超越民族，甚至超越国际这类范畴，而以它们之间的中介区域为起点。提出"超民族"这一概念，是为了防止利用学术来达到狭隘民族主义的目的。民族文学及其相互关系往往被理解为影响与被影响、中心与边缘、西方冲击与东方回应这类不平等的关系，比较文学必须摆脱这类不平等关系，才得以一方面避免狭隘民族主义，另一方面避免毫无根基的世界主义。摆脱这两个极端，我们才可以去探讨本土与普世、同一与多样等一系列比较研究的重要课题，尤其在东西方比较研究中，去探讨涉及语言、文学、写作与阅读等一系列基本的理论问题。

纪廉列出"超民族"比较研究三种基本模式，第一种是有某些"共同文化前提"的比较（A模式），另一种是有"共同社会历史条件"的比较（B模式），还有一种是从"文学理论"去探讨共同问题的比较（C模式）①。第一种模式研究有共同文化背景的作品，无论是东方还是西方的背景，但却并不跨越这两者的界限。大部分欧洲文学的比较都属于这一模式，因为欧洲在历

---

① Guillén, *The Challenge of Comparative Literature*, pp. 69–70.

史、宗教、社会诸方面，都有大致共同的背景。探讨东亚各国文学之间的关系，即中、日、韩各国作家和作品类似的文化背景以及其中的差异和变化，也应该属于这一模式。第二种B模式是跨学科的比较研究，说得更具体一点，就是在文学与社会、政治、历史和经济条件的关系中，来研究文学作品和文学体裁。许多带有历史或社会学色彩的文学体裁研究，都可以归入这个模式。最后还有依赖理论框架的C模式，那是超越单一文化背景，或超越某一历史时期相对同一的情形，去寻找某个或某些特别的问题来研究。纪廉认为，东西方研究打破同一文化背景的界限，也不限于考察相同的历史社会状况，而往往以理论探讨为基础，所以也就"为基于第三种模式的研究，提供了特别有价值和潜在可能的机会"①。文学理论研究的问题都具有普遍性，所以东西方比较研究和文学理论有特别密切的关系。纪廉提出这三种模式当然没有穷尽所有的可能，我们做比较研究，也不必特别留意要去应用其中某一种，但他的论述的确

---

① Guillén, *The Challenge of Comparative Literature*, p. 70.

为我们提供了很有帮助的指引，他指出东西方研究与文学理论密切相关，就为中西比较文学奠定了一个坚实的基础。

当然，任何一种文学研究都有理论背景，但东西方比较文学，尤其在讨论近代以前的文学时，并没有共同文化背景为前提，也没有事实联系即实证主义式来源和影响的概念做基础，所以尤须在文学理论中去寻找正当性的理由，也从文学理论的角度去论证其价值。当然，东西方文学之间的关系和实际接触，也还有大量工作可做，但这类研究要有新意，要能启发我们的心智，也必须要有理论的深度，不能只停留在实际接触、相互影响这类历史事实的细节上[①]。

东西方研究的成长恰好与批评理论的发展大致同时，这并非偶然。不过文学理论既然为东西方研究奠定基础，十分重要，我们就不可避免要探讨理论和文学作

---

① 　在这方面，钱锺书《七缀集》中论林纾的翻译和论朗费罗《人生颂》的中译两篇文章，就是很好的例证。这两篇文章不仅梳理晚清中西文学的实际接触，而且揭示了中西文化交流在当时的整个社会背景。这对我们今天理解东西方文化的关系，仍然极有启发。

品之间的关系问题。这是一个经常提出来、却没有得到很好解决的老问题。在讨论中西比较文学可能性的一篇较早的文章里，袁鹤翔就把这个问题很清楚地提出来了。他说："我们采用（甚至迎合）西方批评理论，以之分析、评价中国文学作品，我们面临的主要问题就是西方理论的可应用性。"①这里提出的是西方理论与中国文学之间的关系问题，其实说得直截了当些，就是质疑西方理论是否能应用于中国文学作品。不过在我看来，这并不是问题的关键，因为理论之为理论，就在于理论原则可以超越文化的特殊和历史的偶然，具有普遍性。正是这种超越性使理论可以转移到不同的文化环境。既然东西方研究所比较的文学作品往往没有共同的文化背景，其社会历史条件也很不相同，于是只有具普遍意义的理论才可能为之提供比较的基础或框架。

我认为袁鹤翔指出的问题并非来自文学理论的文化特性，而是来自西方理论和中国作品之间并不平等的关

---

① Heh-hsiang Yuan, "East-West Comparative Literature: An Inquiry into Possibilities", in Deeney (ed.), *Chinese-Western Comparative Literature: Theory and Strategy*, p. 21.

系。只要西方提供各种理论，而东方只提供用西方理论来分析和评判的文本，只要东西方比较只是机械应用西方理论来做研究，把各种各样西方的理论、概念和方法一个接一个用来分析中国文学的文本，那种不平等的关系问题就会一直存在。事实上，这正是东西方比较文学当前面临的一个大问题，不妥善解决这个问题，就很难在我们的研究中取得成果。

因此我认为，"应用"这个概念本身就是东西方比较文学面临的一个"主要问题"。纪廉提出那第三种模式的理论框架，不应该是与非西方文本的阅读格格不入的、现成的西方理论。对于理论，我们不仅有了解的兴趣，而且有认识的必要，但究竟怎样去了解和认识呢？任何理论都是对一些具体而基本的问题做出回应，所以我们应该去研究理论和理论概念得以产生的那些基本问题和现象。这就是说，我们不要从现成的理论框架及其概念和方法出发，不要以为这些概念方法可以像万应灵丹那样应用到任何文本上去。我们也不应该机械地用结构主义、解构主义、后现代主义、后殖民主义、女权主义或任何别的什么主义来分析中国文学，而应该在每一

次研究中，都重新去界定理论的问题，从现成的理论回
溯到理论之所以产生的一些基本问题和现象，回到语
言、意义、表达、再现、文本、阅读、理解、解释、批
评以及它们的文化前提，看理论怎样从这一类基本的问
题产生。这类基本问题往往比理论的表述更普遍，同时
又带有理论性质。我们也许可以称之为第一层次的"原
理论问题"，而且这些都是不同文学和文化传统共有的
普遍问题，存在于纪廉所谓"超民族"的共有区域。这
样来讨论理论问题，我们就不会是机械应用现成的、预
先设定的理论概念和方法，而是从自己的立场出发去独
立思考。只有这样，我们才可能了解理论问题从何处产
生，如何产生，也才可能了解如何从东西方比较研究的
角度去检验、调整和重新表述理论。只有用平等的眼
光，看理论问题如何从这些基本材料、问题和经验中产
生，又如何在不同文化和文学中得到不同的表述，我们
才有希望避免把西方理论简单套用于非西方文学，从而
避免在理论的层次上，重复西方对东方新的殖民。批判
西方的殖民主义和文化霸权，正是当代西方理论所强调
的，如果我们完全盲目地模仿西方，不顾中国文学、文

化和社会政治的实际，一味追赶西方理论的新潮，岂不是深具讽刺意味吗？

四、中西比较方法浅论

我们一方面说文学理论可以为中西比较提供基础，使比较文学研究能有一定深度，避免那种东拼西凑、牵强附会的比较；但另一方面，我们又说不能生搬硬套西方理论，而应该把理论还原到基本的"原理论问题"，在有关语言、表达、理解、解释等许多方面，去看中国和西方怎样表述和处理这类问题。看起来这好像是一个矛盾，而如何解决这个矛盾以达到合理的平衡，如何重视理论而又不盲从西方理论，这在中西比较文学中，的确是一个重要的方法论问题。

在此我想从语言和文学阐释入手，以我自己的体验为基础，具体说明中西比较的方法。以自己的研究为例，绝非为自我标榜，恰恰相反，把自己的思路和研究方法坦然呈现在读者跟前，一方面可以为刚入门的年轻学子提供一点经验和心得，但同时也是剖析自己，诚恳就教于海内外诸位方家与同好，希望得到大家建设性的批评。我曾以《道与逻各斯》，讨论语言、理解、解释等文学的阐释学（hermeneutics）①。也许有人会问：阐释学是德国哲学传统的产物，用阐释学来做东西比较的切入点，是否会把一个西方的理论，套用在中国文学之上呢？但我的做法不是机械搬用现成的德国理论、概念和术语，而是把阐释理论还原到它所以产生的基本问题和背景，也就是语言和理解这样基本的"原理论问题"，那是任何文化、任何文学传统都有的问题。从阐释学历史上看，西方有解释古希腊古罗马典籍的古典语文学传统，有解释《圣经》的神学传统，还有解释法律的法学传统，19世纪德国学者施莱尔马赫（Friedrich Schleiermacher）正是在这些局部阐释传统的基础上，才建立起了普遍的阐释学。在中国文化传统中，也历来有解释儒家经典、佛经和道藏的注疏传统，有对诸子的

①　拙著原以英文写成，题为 *The Tao and the Logos: Literary Hermeneutics, East and West*，1992年由美国杜克大学出版社（Duke University Press）刊印。中文本《道与逻各斯》由冯川先生翻译，四川人民出版社1998年初版，江苏教育出版社2006年出版了重排新印本。

评注，还有历代许许多多的文论、诗话、词话。在东西方丰富的评注传统中，关于语言、意义、理解和解释等阐释学各方面，都有许多共同的理论问题，有各种精辟论述，也就有许多可以互相参证、互相启发之处。我们从语言这一基本问题出发，看中国和西方在哲学思想和文学批评中怎样讨论语言、表达、意义、理解和解释等问题，通过比较研究来探讨文学的阐释学，就不会把西方理论和术语简单机械地套用到东方的文本上去。与此同时，有阐释理论问题作为比较的基础，我们也就可以避免把中国和西方的文学作品随意拼凑在一处，做一些牵强附会、肤浅浮泛的比较。这就要求我们不仅要熟悉中国和西方的文学和文学批评，而且要在更广阔的思想和文化传统的背景上来理解这些文学和文学批评演化变迁的历史。换言之，文学研究不能仅限于文本字句的考释，我们要有范围广阔的知识准备，不仅了解文学，而且要了解与之相关的宗教、哲学、艺术和历史。

人们需要语言来表达意义，互相交往，但有时候语言不能充分达意，于是就需要理解和解释，这就是阐释问题之所以产生的最根本原因。在中国和西方传统里，都有关于语言能否充分达意的讨论，一方面承认人需要语言来沟通交际，另一方面又认为语言不能充分表达思想感情。有趣的是，在中文和希腊文里都有一个十分重要的字，表现语言和意义之间这种复杂关系。中文的"道"字既表示内在思维（道理之道），又表示语言（道白之道），而思维和语言之间有距离，内在思维不可能用语言来充分表达，这是一个古老而传统的观念。《老子》开篇就说："道可道，非常道。名可名，非常名。"意思是能道出口来的道，能叫出名来的名，就已经不是真正的常道、常名，所以他又说"道常无名"。按这种看法，最高的道，宗教或哲学的真理，都超乎语言，不可言传，更不可能表现在书写文字中。所以在庄子笔下，轮扁说桓公读书所得，不过是"古人之糟粕已乎"！庄子还说："辩不若默，道不可闻。"在西方，与此类似的意思也表现在逻各斯（logos）这个希腊字里。逻各斯的基本含义是说话，如在英语里，独白是monologue，对话是dialogue，后面来自希腊语的词根–logue就是逻各斯。同时逻各斯又表示说话的内容，语言讲出来的道理，所以很多表示学科和学术领域的词，都用–logy即逻各斯来结尾，如anthropology人类学、biology生物学、theology神学等，而专讲如何推理的逻辑学即logic，更直接来自logos即逻各斯。由此可见，道与逻各斯都和语言、思维相关，这两个字各在中国和希腊这两种古老的语言文化传统里，成为非常重要的概念，也就为在中西比较的框架中探讨阐释问题，提供了重要的依据和基础[①]。

法国思想家德里达（Jacques Derrida）在当代西方文论中很有影响，他指出西方有贬低书写文字的倾向，即他所谓逻各斯中心主义（logocentrism），这种趋向以内在思维为最高，以口头语言不足以表达内在思维，而书写文字离内在思维更远。西方的拼音文字力求录写口说的语言，德里达认为，这说明逻各斯中心主义在书写形式上表现为语音中心主义（phonocentrism）。所以，西方的哲学传统和拼音书写形式都表现出逻各斯中心主义之根深蒂固。与此同时，德里达又依据美国人费诺洛萨

---

① 钱锺书先生在《管锥编》第408页评《老子》首章，就指出了道与逻各斯含义的契合，又在私人谈话和书信中给我许多指教。我写《道与逻各斯》，就深受钱锺书先生的启发。

（Ernest Fenollosa）和庞德（Ezra Pound）对中文并不准确的理解，推论非拼音的中文与西方文字完全不同，并由此得出结论认为，逻各斯中心主义乃西方独有，中国文明则是完全在逻各斯中心主义之外发展出来的传统。由于德里达和解构主义在西方文论中有很大影响，这一说法就把东西方的语言文化完全对立起来，过度强调了其间的差异。可是，从老子和庄子对语言局限的看法，从《易·系辞》所谓"书不尽言，言不尽意"等说法，我们都可以看出，责难语言不能充分达意，也是中国传统中一个根深蒂固的观念。东西方文化当然有许多程度不同的差异，但把这些差异说成非此即彼的绝对不同，甚至完全对立，则言过其实，无助于不同文化的相互理解。

然而对语言局限的责难、对语言不能充分达意的抱怨，本身却又正是通过语言来表达的。所以凡责备语言不能达意者，又不得不使用语言，而且越是说语言无用者，使用语言却往往越多、越巧，这就是我所谓"反讽的模式"。庄子虽然说"辩不若默"，主张"得意忘言"，但他却极善于使用语言，其文汪洋恣肆，变化万端，各种寓言和比喻层出不穷，在先秦诸子中，无疑最具文学性、最风趣优美而又充满哲理和深意。中国历代的文人墨客，几乎无一不受其影响。惠施质问庄子说："子言无用。"意思是说，你常说语言无用，你却使用语言，你的语言不是也没有用吗？庄子回答说："知无用而始可与言用矣。"这就指出了语言和使用语言的辩证关系，即一方面应该意识到语言达意的局限，另一方面又必须使用语言来达意。首先要知道语言无用，知道语言和实在或意义不是一回事，然后才可以使用语言。庄子还说："言无言，终身言，未尝言；终身不言，未尝不言。"那是很有意思的一句话，意思是说认识到语言不过是为了方便，借用来表达意义的临时性手段，那么你尽可以使用语言，而不会死在言下。如果没有这种意识，那么你哪怕一辈子没有说多少话，却未尝不会说得太多。这绝非庄子巧舌如簧、强词夺理的狡辩，因为他由此道出了克服语言局限的方法：那就是认识到而且充分利用语言的另一面，即语言的含蓄性和暗示的能力，使语言在读者想象和意识中引起心中意象，构成一个自足而丰富的世界。

这样一来，"辩不若默"就不纯粹是否定语言，而是也指点出一种方法，即用含蓄的语言来暗示和间接表现无法完全直说的内容。这在中国诗和中国画的传统中，都恰好是一个历史悠久而且普遍使用的方法。既然语言不能充分达意，那么达意的办法就不是烦言詀噪，说很多话，而是要言不烦，用极精炼的语言表达最丰富的意蕴。中国诗文形式都很精简，讲究炼字，强调意在言外，言尽而意无穷，这就成为中国诗学的特点。苏东坡在《送参寥师》中说："欲令诗语妙，无厌空且静；静故了群动，空故纳万境。"可以说道出了这种诗学的要诀。东坡欣赏陶渊明，谓其诗"外枯而中膏，似淡而实美"，也表现出这一诗学审美判断的标准。中国书法和绘画都讲究留白，讲究用笔从简，意在笔先，诗文则讲究含蓄精简，言尽而意无穷。

不过我们不要以为只有中国或东方诗学有此认识，因为这种讲究语言精简的文体，也正是《圣经》尤其是《旧约》的特点。奥尔巴赫所著《摹仿论》开篇第一章，就拿荷马史诗《奥德修记》的一段与《圣经·创世记》一段相比较，说明荷马的风格是把叙述的事物都做详尽无余的细致描写，而《旧约》的风格则恰恰相反，只用极少的语言做最简练的叙述，而留下大量的空白和背景，让读者用想象去填补。所以从比较诗学更开阔的眼光看来，对语言唤起读者想象的能力，东西方都有充分的认识，而且这种意识也体现在诗人的创作当中。不仅陶渊明和中国诗文传统，而且西方的诗人和作家如莎士比亚、T. S. 艾略特、里尔克、马拉美等，也都深知如何运用语言之比喻和象征的力量，以超越语言本身达意能力的局限。其实就是描述详尽的荷马，在整部《伊利亚特》史诗中，就从来没有直接描述过引起特洛伊战争的美人海伦之容颜，却只在一处地方通过旁人的惊羡和赞叹，间接叙述，使人想见她那倾城倾国、超乎寻常的雪肤花貌。这不就正是我们上面提到的缺笔、留白，为读者留下想象空间的手法吗？

在西方文学理论中，罗曼·英加登（Roman Ingarden）把现象学观念用于文学批评，指出文学语言只是提供一种理解的框架，文学所描述的事物都必然具有不确定性，读者在阅读过程中，通过想象把有许多不确定因素的框架具体化，才使之充实完整。强调文学语言的不确定性和读者的参与，可以说是当代西方文论一个重要方面，德国的接受美学和美国的读者反应批评，尽管互相之间有不少差异，却都让我们认识到在文学的阅读和鉴赏中，读者所起的建设性作用。我们以语言、表达和理解等问题为基础，通过中西传统中许多具体作品的丰富例证来展开讨论，就可以见出文学阐释学那些具有普遍意义的观念。

阐释是随时随地都普遍存在的，语言和文本，尤其是复杂重要的文本，都需要经过阐释，其含义才得以彰显，其用意也才可能得到充分的理解。西方有阐释希腊罗马古典的传统，又有阐释《圣经》的传统，而这些经典作品（canonical texts）的阐释都往往超出经典字面的意义，揭示其深一层的内涵。公元前6世纪时，古代希腊所谓诗与哲学之争，哲学开始占上风。一些哲学家对奉为经典的荷马史诗提出质疑，认为荷马描绘的神像人一样，有欺诈、嫉妒、虚荣等各种弱点，不能教人宗教虔诚，也不能为人树立道德的典范，于是对荷马的经典性（canonicity）提出疑问。但另有一些哲学家则为荷马辩护，认为荷马史诗在字面意义之外，还深藏着另一层关于宇宙和人生的重要意义，这就是所谓讽寓（allegory），即一个文本表面是一层意思，其真正的意义却是另外一层。在作品字面意义之外找出另一层精神、道德、政治或别的非字面意义，这就是所谓讽寓解释（allegorical interpretation）。

在西方，讽寓解释由解读荷马史诗开始，后来更成为解释《圣经》的重要方法。《圣经》里有一篇《雅歌》，从字面看来，完全是一首艳丽的情诗，用充满了情与色的意象和优美的语言，描写少女身体之美和欲望之强烈，却通篇无一字道及上帝。于是《雅歌》在《圣经》里作为宗教经典的地位，就受到不少质疑，无论犹太教的拉比还是基督教的教父们，最终都用讽寓解释的办法，来为《雅歌》的经典性辩护，说《雅歌》并非表现男女之爱，而是讲上帝与以色列之爱，或上帝与教会之爱，具有宗教的精神意义。在中国，《诗经》的评注也有许多类似的情形，如以《关雎》为美"后妃之德"，《静女》为刺"卫君无道，夫人无德"等，把诗之义都说成是美刺讽谏，就是一种超出字面意义的讽寓解释。在阐释历史上，往往当某一文本的经典性受到质疑和挑战时，讽寓解释就成为论证文本经典性质的必要手段，所以正由于讽寓解释，荷马史诗、《雅歌》《诗经》里的许多情歌才得以保存下来。但另一方面，完全不顾文本字面意义，甚至违反字面意义，把一个完全外在的意义强加在文本之上，也往往变成牵强附会的"过度诠释"，成为对文本意义的误解和歪曲。中国历代都发生过的"文字狱"，对作家、诗人的迫害，就是这种不顾字面意义、深文周纳的过度诠释之害。

讽寓解释是东西方共有的一种文化现象。我以《讽寓解释》为题，写了一本书讨论讽寓解释的起源和历史，尤其是讽寓解释与经典之关系，并讨论从宗教、道德、政治等角度去解释文学作品的相关问题①。这种主题的比较以东西方的文本和评注传统为内容，并不是把西方的理论概念套用在中国的作品和批评之上。在中西比较文学中，主题比较的确具有方法论的意义。弗莱的原型批评就力求在不同的文学作品里，寻找表面差异之下一些基本的意象。弗莱的书举证极为丰富，但基本上仍然局限在西方文学的范围，然而他书中的理论观念却可

———————
① 参见 Zhang Longxi, *Allegoresis: Reading Canonical Literature East and West* (Ithaca: Cornell University Press, 2005) .

以超越自身局限，具有普遍意义。从主题学比较入手，我们就可以跨越东西方文化的差异，考察中国和西方文学传统在意象、构思、主题、表现方式等各方面的对应、交汇与契合。拙著《同工异曲》就在主题比较方面做了一些尝试，以一些基本的概念性比喻和意象，如人生如行旅的比喻、珍珠的比喻、药与毒的象征、圆环和反复的意象等，举证中西文学、哲学、宗教的文本，论证东西方跨文化比较的价值。通过这类跨越文化界限的比较我们可以证明，仅在单一文化传统里讨论文学，有时眼光未免局限，所见所得也较少，而超出单一语言文化的传统，在中西比较跨文化的广阔视野里来看问题，我们就能望得更宽，见得更远，也才可能获得某些批评的洞见。这正是比较文学超越单一文学研究的长处。

纪廉在展望比较文学的未来时，呼吁扩大比较文学的范围，超越"欧洲的或欧洲中心主义的沙文主义"，并认为跨越东西方文化差异的比较，即在历史上毫无关联的作品之比较，恰好是"比较文学当中最有前途的趋向"①。艾米莉·阿普特尔谈到普遍诗学（universal poetics）时也说："看来根本不相同而且不可比的弧度越大，也就越能为诗学的普遍性提供确实的证明。"②这当然不是说，我们可以不考虑比较研究的正当性基础，把互不相干的文本随意拼凑起来。中西比较文学的重要条件是以理论问题作为比较的基础，而一旦有了这样的理论探讨为基础，中西比较能赋予比较文学的就不仅是新的生命力，而且是新的视角，从这个新视角看出去，就可以暴露局部和地方式眼光的狭隘和局限，同时拓展以新方式做比较和提出新问题的可能性。如果比较文学要超越传统的欧洲中心主义，那么东西方比较和世界文学研究就很有可能是进一步发展的希望。比较文学从一开始就是超越民族文学局限的研究，能够说别人的语言，读不止一种文学，可以说是比较学者决定性的特征，而比较研究正是在范围广阔的学术领域里去发挥这种特征。理想的比较工作是创造性地去寻找不同作品之

①　Guillén, *The Challenge of Comparative Literature*, pp. 86, 87.

②　Apter, "Universal Poetics and Postcolonial Comparatism", in Saussy (ed.), *Comparative Literature in an Age of Globalization*, p. 55.

间的联系，超越专家眼界的局限，从一个广阔的视角去阅读这些不同的文学作品。如果我们能富于想象地去阅读文学，能看出在不同文本和不同文学传统的碰撞中产生出来那些主题的变化和形状，我们就可以获得比较研究的成果，而那是从单一文学传统的角度无法得到的。在我看来，这就是跨文化的比较文学研究有价值的最好证明。

3

比较文学研究典范举例

一、知识准备与范例的意义

在前一章结尾，我以自己的研究为例，简略探讨了比较文学研究的方法问题。有一点需要说明的是，人文学科的研究方法不是一套固定不变的操作程序，也不可能按部就班地去完成一些程序化的动作。以数学为基础的科学研究，往往有精密的方程式，只要严格按照方程式演算，就可以得出准确的结果。文学研究则全然不同，虽然也有基本的方法，但其形式不是严格的公式，也不能机械地推算，却在很大程度上取决于研究者个人的知识准备、思路和风格，具有相当的独特性和灵活性。文学研究和文学本身一样，是一种思想和文字的艺术，而在艺术教育中，观摩典范是主要的学习方法。学习书法和绘画，都需要临摹，那就是了解典范，模仿典范。因此在艺术和人文研究中，典范具有方法学上的意义。严羽《沧浪诗话》开篇就以佛教禅宗区分大乘小乘、南宗北宗为例，主张学诗的人也"须从最上乘，具正法眼，悟第一义"。那个道理也就是成语所谓"取法乎上，得乎其中"的意思，强调在学习过程中，一定要观摩好的典范，学习第一流的范例。我在以下两章将要讨论的，就是比较文学研究中一些具有典范意义的著作，希望通过这些讨论，能够让我们在研究方法上得到一点启示。

在讨论具体范例之前，让我们先谈一谈研究比较文学必需的知识准备。我在第一章已经提到，比较文学是跨越民族和语言界限的文学研究，所以研究者必须懂外文，不能完全靠翻译来做研究。就中国的比较学者而言，中文的修养应该包括古文即文言文，外文目前最重要的是英文，但最好能在英文之外，还能有另一门甚至几门外语。当然，一个人能懂的语言终究有限，完全不靠翻译是不可能的，但至少懂一门外语，就可以帮助我们扩大眼界，走出单一语言视野的局限去做比较研究。
这里所谓懂外文，不能只是有一点粗浅的知识，能磕磕
绊绊勉强读完一篇文章，而是能欣赏外国文学原著，能
阅读并且深入理解外文的学术专著和论文。就我们大学
教育的一般情形而言，往往专修中文的学生很难有较高
的外文程度，而外语专业的学生又往往缺乏对传统中国
文学和文化的深入了解，甚至不能读古文。所以，能够
做比较文学研究并不容易，首先就必须在学习外语和外
国文学方面下工夫，同时还要对本国语言、文学和文化
有基本的知识和了解。

　　对文学研究而言，我们不仅要有驾驭语言的能力
（linguistic competence），而且要有文学鉴赏和分析的
能力（literary competence）。文学所涵盖的范围可以说
没有穷尽，既有写实，又有想象，无论社会、政治、思
想、感情、现实或超脱现实的梦幻奇想，人生各方面的
内容都可以在文学中得到表现。因此，研究文学也必须
有各方面的知识，必须深入了解作品以及产生作品的时
代，了解其宗教、哲学、政治和文化的背景，尤其需
要了解作品所处文学传统本身的状况。换言之，文学研

究需要广阔的知识背景和深厚的文化修养。在前一章讨论中西比较文学时，我特别提到文学理论的重要，所以熟悉中西文论，了解中西哲学思想，也十分重要。中国文学有很长的历史和丰富的内容，中国古代"文"的概念包括了不同文类，和现代较狭义的文学概念不完全一致，所以要了解中国文学传统，就不能仅限于诗词、戏曲和小说这些文类，还应该对先秦以来的思想和历史有基本的了解。

西方文学同样有深厚的历史和文化背景，具体说来，古代希腊和希伯来文化是西方文化的重要源泉。所以要深入了解西方文学和文化，就需要熟悉希腊神话，知道荷马史诗、希腊悲剧以及柏拉图和亚里士多德的哲学思想，知道新、旧约《圣经》和基督教思想传统，对西方中世纪、文艺复兴、宗教改革、启蒙时代，以及近代以来的历史脉络，也需要有一个大致的了解。有了这样的知识准备，也就有比较深厚的基础，在研究某一问题的时候，集中到那个具体课题，就比较能左右逢源，使自己的研究具有一定的广度和深度。总而言之，人文学科的文、史、哲三大领域是互相关联的，此外还有宗教和艺术等范畴，都是构成一个文化传统的重要部分，也就是一个人文学者文化修养应该包括的内容。比较文学研究既然跨越语言和文化的界限，就要求比较学者不仅是一种语言文学的专家，而且是两种或多种语言和文学的专家。这当然是很高的要求，是很难达到的要求，但也正因为难，做出的研究才会有价值。这种高标准的要求至少为我们指出了方向，我们往此方向去努力，就有希望在学术研究中做出贡献和成绩。

二、终结、意义和叙事

西方文学研究有许多重要著作，我在此想以几部有影响的著作为例，具体介绍文学研究的方法。我首先要提到的是弗兰克·凯慕德一本篇幅不大的书，题为《终结的意识》（*The Sense of an Ending*，1967）。凯慕德是当代西方学识极为丰富的批评家之一，他对《圣经》文学、莎士比亚和17世纪文学有深湛的研究，对现代欧洲文学也很有研究。《终结的意识》一书讨论小说理论，可以大大加深我们对文学叙事和意义的理解，已成为当代西方文学研究中一部经典性著作。这里所谓终结，是说人出生到世界上，总是生在早已确定的社会、语言、文化和历史环境中，人离开人世的时候，社会、语言、文化、历史还会继续存在，所以人的一生总是处在中间，既见不到宇宙的开端，也见不到世界的结束；而人又总想了解自己生命和世间事物的意义，于是不得不构想一个结尾，因为只有事情告一段落，有头有尾，才可能呈现出完整的意义。凯慕德说："就像诗人叙事从中间开始一样，人们出生到人世，也是投入中间，*in medias res*；而且死也是死在中间，*in mediis rebus*，为了懂得生命是怎么回事，他们就需要建构开端与终结的故事，以使生命和诗有意义。"①

从方法学的角度看来，凯慕德找出"终结"这个不仅与叙事文学，而且与人的生存相关的主题，便可以从宗教、历史、哲学等多方面来展开讨论，并在这样广阔

① Kermode, *The Sense of an Ending*, p. 7. 诗人叙事从中间开始（拉丁文 *in medias res*），乃是从荷马史诗以来形成的格式，即所有史诗开篇都不是从所讲故事的开头说起，而是从故事的中间开始，然后在适当地方再以倒叙的方式，回过去讲述故事的开头。此后引用凯慕德此书，只在文中注明页码。

的背景上，讨论叙事文学和小说的结尾。这种主题研究
（thematic studies）比挑选两部或几部文学作品来比较，
往往可以范围更广，更带有理论意义。凯慕德这本《终
结的意识》一书的确涉及面很广，谈到《圣经》、奥古
斯丁、托马斯·阿奎那、费奥里的约阿希姆（Joachim of
Fiore）、中世纪到近代的一些宗教思想，谈到纳粹第三
帝国的神话，谈到亚里士多德、尼采和瓦亨格尔（Hans
Vaihinger, 1852—1933）等多位哲学家，书中评论到的诗
人和作家就更多，从荷马、斯宾塞、莎士比亚、叶芝、
庞德、艾略特、萨特到法国新小说家罗伯·格利耶，包
括了西方文学传统中各时代许多重要人物。这本书内容
包罗虽广，语言又概括凝练，但却往往不做基本解释，
直接就进入较深层次的讨论，好像预先假定读者已经有
相关的背景知识，对讨论的各方面问题也都有相当程度
的了解。大概很多人会觉得，这对读者的要求未免太高
了些，这本书也就显得颇不易读。不过凯慕德在广阔的
背景上来讨论小说理论，其论述就有深厚的基础，而他
提出的"终结意识"也就成为理解叙事结构和意义的一
个重要的批评概念。

《圣经》以讲述上帝创造世界的《创世记》开始，以预言世界末日的《启示录》结束，所以凯慕德一开始讨论《启示录》，尤其是历史上许多预言世界末日即将来临的各种计算和预测。一些宗教团体相信世界末日即将来临，他们依据《圣经》记载的情节或象征来推算世界末日，如公元1000年就曾引发许多关于世界末日的预测和推想。世界并没有在那一年毁灭，但后来1236年、1367年、1420年、1588年、1666年，还有19世纪末等，都曾引发启示录式的末日幻想。有趣的是，美国社会学家费斯丁格尔（Leon Festinger）让他的几个研究生潜入相信世界末日即将来临的一个宗教团体，白天参加他们的聚会，晚上便回到住处做记录。结果他们发现，虽然世界末日并没有按这个团体预言的日期来临，但却完全无损于这个团体信徒们的信念，因为他们会立即重新计算，提出一个新的期限，然后等待新算出来的世界末日来临。由此可见，终结的意识是多么重要，多么顽强。

我们也许会取笑这样的迷信，但我们自己其实也需要类似的虚构结尾，也需要终结的意识。凯慕德说："处于事物中间的人会做出相当大的努力，构想出圆满的框架，设想出一个结尾来与开头和中间阶段满意地融合在一起。"（页17）人生本来如此，描述人生的文学，尤其是叙事文学，当然更是如此。小说就总是有开头、中间和结尾，没有结尾，故事就不完整。我们对于结尾的期待，和上面所说对世界末日的期待，不是也多少有一点相似吗？不过我们虽然预期故事总有个结尾，但如果结尾完全符合我们的预期，不能出人意料，我们又会觉得这故事太过简单，因而平淡无趣。所以哪怕结构最简单的故事，也不会平铺直叙，完全没有一点曲折。情节发展中的突然转折（peripeteia）打破我们简单的预期，然后再引向圆满的融合，在戏剧和叙事文学中，都是非常重要的手法。凯慕德说："转折愈出奇，我们就愈会觉得那部作品尊重我们的现实感；我们也愈肯定那部小说打破我们天真的预期那种普通的平衡，由此而为我们有所发现，为我们找出真实的东西。"（页18）换言之，我们一方面需要结尾，另一方面，我们又意识到结尾的虚构性，意识到现实往往比我们构想的圆满框架要复杂得多，所以愈是打破我们预期结尾的叙事，愈能把叙事情节的发展复杂化，就愈有一种接近真实的感觉。

　　凯慕德把钟表走动的嘀嗒声作为最简单的叙事结构，嘀是开头，接着有一个中间段，然后是嗒的一声结尾。他说："我把钟的嘀嗒当成我们可以称之为情节的一种模式，是使时间具有形式来人化时间的一种组织；在嘀和嗒之间的间隙就代表纯粹延续性的、未经组织的时间，那就是我们需要去人化的时间。"（页44）钟表的走动本来是纯粹机械的重复，完全是人的意识加在钟表机械运动之上，才在当中分出嘀和嗒，分出开头、中间和结尾，这就是"人化"（humanize）时间。也就是说，在本来纯粹连贯的延续中，人为取出一段来，将之设想为从嘀到嗒的整体。嘀嗒之间如果只是"纯粹延续性的、未经组织的时间"，那就空空如也，没有任何意义。所谓人化时间，就是敷衍出很多情节来使之一波三折，复杂而有趣。小说的结构就正是如此。所以凯慕德说："所有这类情节变化都有一个前提，都要求有一个结尾可以加在整个时间段和意义之上。换句话说，必须除掉中间阶段的简单序列，除掉嘀嗒的空洞，除掉从人的观点看来毫无趣味的纯粹延续。"（页46）由这个例

子可以看出，有一个基本概念作为讨论的基础，哪怕像
钟表的嘀嗒声这样简单寻常的东西，也可以在理论框架
中显出意义来，而且正因为简单，钟的嘀嗒就成为叙事
结构一个明确而有趣的模式。

一部小说的情节发展，就是去人化时间，把从嘀
到嗒这个简单的情节模式复杂化。然而无论怎样复杂变
化，要成为一个完整的故事，要有意义，就必须得有最
后的终结。换句话说，有了嘀，我们就必然期待着嗒，
没有嗒，我们就总觉得事情还没有了结，在心理上就总
不会有完结的稳定感和满足感。明人胡居仁著《易象
钞》卷十四有句话说："人犹区区以六尺之形骸为人，
生不知所以来，死不知所以往，真谓大迷。"那意思就
颇接近于凯慕德说人生来死去，都总是处在中间，而这
种中间状态会产生一种迷茫的感觉。人要消除迷茫，理
解事物、理解自己的生命，就必须有终结意识，必须建
构一个结尾来理解人生的意义。然而同样重要的是，我
们又应该认识到结尾总是人化时间的构想，而不是真正
的世界末日，不是完全绝对的终结。记得在我老家四川
成都北郊的新都有宝光寺，那里有这么一副颇带禅味的

对联说："世外人法无定法，然后知非法法也；天下事了犹未了，何妨以不了了之。"上联大意是说，出家人遵循超乎世俗法律的佛法，然后才认识到不同于世俗律法之法，才是真正的法。下联阐述"了"即了结这一概念，就很可以帮助我们理解上面讨论的终结意识。我们一生一世永远只是处于中间，对我们说来，了结总是相对的，世界还会继续存在，事物也还会继续发展，所以我们建构的结尾只是告一段落，也就是"了犹未了"。但最后"不了了之"一语，并不只是无可奈何、消极被动的意思，而可以理解为意识到天下事都不是绝对的了结，终结总是一种人为的虚构。意识到终结是人为的建构，这本身就应该是终结意识之一部分。

这就引我们到我要介绍的另一本书，彼得·布鲁克斯（Peter Brooks）的《为情节而阅读》（*Reading for the Plot*, 1984），尤其是书中与凯慕德所谓终结意识有关的部分。如果凯慕德从结尾来讨论小说，布鲁克斯则从情节发展来讨论叙事文学，但情节的变化和结尾当然密不可分。布鲁克斯说："首先，情节是一切书写的和口述的叙事所必有的因素，没有至少是最低限度的情节，任何叙事都是不可想象的。情节是内在连接和意图的原则，没有这一原则，我们就不可能通过叙事的各个成分——事件、插曲、行动等：即便像流浪汉小说这样松散的形式，也会显出内在连接的手段和结构性的重复，使我们得以建构起一个整体。"①整体这一概念当然包括了凯慕德所说的嘀和嗒，即开头、中间和结尾，而情节就是整个叙事的变化过程，是把时间人化，通过事件、插曲、行动等结构成分向结尾的推进。所谓内在连接，是指在叙事过程中从一个环节发展到另一个环节，这当中也就体现出作者叙事的意图，所以布鲁克斯把情节称为"内在连接和意图的原则"。

在这里，结尾具有毋庸置疑的重要性。在情节推展的过程中，我们不可能知道叙事的意义，因为情节发展的方向随时可能变化，故事的线索也没有固定，一切尚无明确的轮廓，也就不可能有意义的稳定。只有结尾才

---

① Brooks, *Reading for the Plot*, p. 5. 在西方文学中，流浪汉小说（picaresque novel）有点像中国的章回小说，情节随主角人物的活动而变化，全书结构相对松散。以下引用此书，只在文中注明页码。

会给叙事画上句号，使故事完整而呈现出全貌和意义。布鲁克斯说："在相当重要的意义上，开端的意识必然被终结的意识所决定。我们可以说，我们能理解文学中当前的时刻，或扩而大之人生中当前的时刻，理解它们在叙述上的意义，就是因为我们在结尾建构性力量的预期当中来理解它们，而正是结尾可以反过来赋予当前的时刻以秩序，赋予它们以情节的意义。"（页94）我们阅读一部小说时，总是在结尾的预期中理解情节的发展，而只有到了结尾，有了完整的故事，我们才可以回过去看清情节发展的轨迹，明白整个故事的意义。

布鲁克斯讨论亚瑟·柯南·道尔（Arthur Conan Doyle）著名的福尔摩斯侦探故事，因为侦探小说也许最能说明结尾的"建构性力量"，为我们指出结尾如何反过来使整个叙事过程显出发展轨迹，具有整体意义。福尔摩斯侦探案之所以著名，一个重要原因是故事结尾总会出奇制胜，打破我们的预期。我们往往会像福尔摩斯的朋友华生医生那样，自以为找到了罪案线索，做出合乎逻辑的推理，结果却发现我们的推论错误，也就总是得出错误的结论。在故事结尾，往往会由福尔摩斯或罪犯本人从头讲述整个犯案过程的来龙去脉，使我们明白真相，而那种复述既能按照严密的逻辑，反过去把故事情节发展中每个事件、插曲和行动都联结起来，赋予它们秩序和情节的意义，又能打破我们的预期，显出大侦探福尔摩斯或作者柯南·道尔比我们都要高明得多，同时也大大增加我们阅读的乐趣。叙事或所谓讲"故事"，就是复述已经发生过的事件，而侦探所做的就正是重建已经发生过的罪案，所以布鲁克斯说："侦探小说可以揭示任何叙事的结构，尤其显露出叙事是重复已经发生过的事情。侦探追溯罪犯留下的蛛丝马迹，由此发现并重建叙事的意义和权威，就代表了叙事表现的过程本身。"（页244—245）换言之，侦探小说的情节必然曲折复杂，扑朔迷离，最后的结尾又能反过来把整个过程解释得明明白白，天衣无缝，所以侦探小说的结构可以把一切叙事的基本模式表现得最清楚。

　　布鲁克斯从情节和结尾的叙事结构出发来讨论弗洛伊德，那是从文学研究的角度讨论心理分析很有趣而且成功的例子。弗洛伊德本人颇有文学修养，在他的著作中常常谈到一些文学作品，分析过达·芬奇、米开朗琪罗、古希腊悲剧、莎士比亚和歌德等许多文学家和艺术家的作品。但弗洛伊德派的文学批评把心理分析的基本概念用来分析文学，把文艺都视为受到压抑的里比多（libido）即性欲冲动的升华，似乎和精神病症状没有根本区别，就实在是这派批评一个根本的局限。一些教条式的心理分析派批评家在文艺作品中寻找性象征，把一切都看成性升华的表现，就更是走极端，等而下之。布鲁克斯谈弗洛伊德就摆脱了这类局限，从情节和结尾的形式因素出发去重新解读弗洛伊德，见出弗洛伊德的文本在叙事建构方面的意义。他先讨论萨特和存在主义对生命的理解，强调人一生的意义最终是由死来确定，并直接与凯慕德的终结意识联系起来。他说：

> 正如弗兰克·凯慕德所说，人总是处于"中间"而没有关于起源和终点的直接知识，所以会寻求想象中的完结以赋予经验以意义。我已引用过瓦尔特·本雅明的话，认为人的生命"在死的一刻才第一次具有可以转述的形式"。本雅明分析了生命的意义只在死亡中才显现这一寻常说法，他得出结论认为，在叙事

中，死会提供故事的"权威性"，因为作为读者，我们在叙事小说中会寻求我们在生活中不可能有的认识，那就是对死的认识。（页95）

死是一个人生命的最后终结。布鲁克斯认为，如果死作为生命的终结可以反过来揭示人一生的意义，那么从这个角度看来，我们就可以把弗洛伊德所著《超越快乐原则》（1920）称为一种原初情节（masterplot），因为他在此文里"极完整地勾画出生命如何从开端到结束的全部轮廓，每个个人的生命又如何以其独特方式重复那原初情节，并面对个人生命的完结是偶然还是必然这个问题"（页96—97）。一般说来，人总会遵循快乐原则，在生活中追求意愿的满足，可是有时候却出现打破这一原则的情形，例如经过战争或有别的类似痛苦经验的人，常常会违背梦是意愿的实现或满足这一理论，在睡梦中回到痛苦的一刻，重新经历已经过去的痛苦。这样重新回到过去时刻，与叙事讲述已经发生过的事情一样，都是一种重复，而在想象中重复在现实中无法控制的事情，则在心理分析的意义上说来，可以理解为变被动为主动，在想象中得到满足。

　　弗洛伊德论莎士比亚喜剧《威尼斯商人》中选择三个盒子的一幕，就从心理分析的角度，为变被动为主动做了颇为独特的解释。在《威尼斯商人》中，巴萨尼奥向美丽而富有的鲍西娅求婚，但按照她已经去世的父亲事先的规定，凡来向鲍西娅求婚的人，都必须在金、银、铅三个盒子中做选择。金和银看起来贵重，但其实那只看来不起眼的铅盒里藏着鲍西娅的肖像，才是正确的选择。弗洛伊德认为，盒子是女性的典型象征，所以此剧中选择盒子也就是在三个女人中做选择。在神话、童话和文学作品中，三都是很重要的数字，很多故事里都有三个女性，而且往往第三个最年轻，最美丽，也最善良。如莎士比亚悲剧《李尔王》中，李尔把国土分给三个女儿，其中最年轻的第三个女儿柯蒂利亚最好；希腊神话中帕里斯在三位女神中做选择，也是以最年轻的一位为最美，把金苹果给了爱和美的女神；童话中的灰姑娘也是最年轻的第三位女性，她有两个相貌丑陋、心地也不好的姐姐，她虽然长得容貌娇美，却整天做家务，弄得蓬头垢面，像铅一样，外表寒碜、沉默不语。

　　弗洛伊德说：“柯蒂利亚把她真正的自我隐藏起来，变得像铅一样不起眼，一直沉默寡言，她‘爱然而不愿表露’。灰姑娘把自己躲藏起来，让人无处寻找。我们也许可以把隐藏和沉默等同起来。”[1]巴萨尼奥选择了铅盒，并且说铅色之“苍白比滔滔雄辩更能打动我”（Thy paleness moves me more than eloquence）。金和银好像“滔滔雄辩”的大声喧哗，铅则好像藏而不露，沉默无语。弗洛伊德说：“如果我们决定把我们讨论的那‘第三位’的特点定为‘沉默寡言’，那么心理分析就不能不说，沉默寡言在梦里很常见，是死的代表。”[2]这就是说，苍白的铅、隐藏和沉默，这些都是死亡之象，所以柯蒂利亚、灰姑娘等女性，从心理分析解释说来，就都是死之代表。巴萨尼奥选择铅盒，选择鲍西娅，也就是选择了死亡。弗洛伊德说：“从童话中毫无疑问还可以找到更多例证，说明沉默寡言可以理解

---

[1]　Sigmund Freud, "The Theme of the Three Caskets (1913)", trans. C. J. M. Hubback, *Collected Papers* (New York: Basic Books, 1959), vol. 4, p. 247.

[2]　同上书，页248。

为代表死亡。如果我们按此推论下去，那么姊妹中应该选择的第三位就是一位死去的女子。不仅如此，她还可以是死亡本身，即死之女神。"①弗洛伊德接下去谈到希腊神话中的命运三女神，其中第三位叫阿特洛珀丝（Atropos），意思是绝不心软的，当她用剪刀剪断一个人命运之线，这个人就会死去，所以这第三位也是死之女神。

可是神话、童话和文学作品中选择的第三位女性，往往是最年轻、最美丽、最善良的，如果说她代表死亡，岂不是一大矛盾？但弗洛伊德说，这对于心理分析说来并不难，因为在心理分析中，可以把这类矛盾视为一种常见的倒转手法："我们知道，人利用想象力（幻想）来满足在现实中得不到满足的意愿。所以他的想象起而反抗体现在命运三女神这一神话中对真实的认识，并自己去建构一个神话来取而代之，在他的神话里，死之女神被替换为爱神或人间最像爱神的一个女人。于是

---

① Sigmund Freud, "The Theme of the Three Caskets (1913) ," trans. C. J. M. Hubback, *Collected Papers* (New York: Basic Books, 1959) , vol. 4, p. 250.

姊妹中的第三位不再是死亡，却是女人中最美、最善、最迷人、最可爱的一位。"[①]死作为人生的最终结局本来是不可避免的，可是在人的幻想中却成了一种选择，而且所选的不是可怕的死，而是娇美可爱的女性，这就说明人在虚构的故事中，如何把本来被动的无可选择，变为主动的选择。

然而，变被动为主动只是一方面，梦魇，做噩梦，在梦中重复痛苦或可怕的经验，也完全可能是迫不得已的重复，是受到比快乐原则更原始、更本能的另一种力量所驱使。弗洛伊德认为人和最原始的有机物一样，都有一种普遍的本能，那就是"有机生命固有的、回到更早状态去的冲动"。原来生命的本性并不是趋动，反而是好静的，所以本能体现一切有机生命体的惰性和保守性。如果没有外来刺激，有机体会永远重复同样的生命历程，甚至回到无生命状态，走向死亡，这就是弗洛伊德所谓人本能的死亡冲动。布鲁克斯描述弗洛伊德

---

① Sigmund Freud, "The Theme of the Three Caskets (1913)", trans. C. J. M. Hubback, *Collected Papers* (New York: Basic Books, 1959), vol. 4, p. 253.

的文本，认为一方面有希望尽快发泄以得到满足的快乐原则，那是文本向前推进的一个冲动；另一方面，在文本中通过重复来运作的又是死亡本能，是回到最初状态的冲动，而重复会推迟快乐原则想尽快得到满足的追求。于是，正如布鲁克斯所说，在弗洛伊德的文本里，

"我们看到一种奇怪的情形，其中有两条向前推进的原则互相作用，产生延宕，即一个拖慢的空间，在这个空间里，延迟会产生快感，因为人知道延迟——或许就像交合之前的挑逗调笑？——是达到真正终结一条必要的途径"（页103）。从叙事结构说来，这种延宕产生的张力，也就是情节的曲折变化，是既向结尾推进，又一波三折，推迟结尾的到来。在戏剧和小说的叙事中，这往往表现为情节主线和支脉同时并存，叙述一条线索到一定时候，又转到另一条线索去重新叙述。布鲁克斯说："弗洛伊德描述'摇摆的节奏'尤其使我们想起，一部情节复杂的19世纪小说往往会把一组人物在关键时刻放下不表，去叙述另一组前面讲到过的人物，把他们向前推进，然后又急忙回到第一组人物来，在这当中造成一种不平衡的前进运动，退一步，再更好地向前。"（页

104—105）。弗洛伊德的文本于是成为叙事结构的一个模式，其中情节的发展固然以达于结尾为目的，但又总是节外生枝，产生延宕，通过曲折的弯路走向结尾。

布鲁克斯讨论弗洛伊德著名的"狼人"（Wolf Man）病案，把心理分析案例作为叙事小说来解读。所谓"狼人"是一个叫谢尔盖·潘克耶夫的俄国移民，他在1910年以后成为弗洛伊德的病人，而弗洛伊德对他一个梦的分析，对心理分析的理论发展至关重要。此人常梦见在一个冬夜里，有六七只白色的狼坐在一棵树上，心里深感恐惧。弗洛伊德指出这个梦境和"小红帽子"之类有狼的童话相关，大概受到病人小时候读过故事的影响。经过仔细而复杂的分析，弗洛伊德最后得出一个令人很难相信、但对于心理分析理论来说又十分重要的结论，即认为梦的起因是病人在一岁半时，因为生病躺在父母的房间里，下午醒来，正看见他父母穿着白色内衣在行房事，这就构成一个"原初场景"（primal scene）；到病人四岁时，这场景经过转换，呈现为有白色的狼那个梦，而这就是后来这个人许多心理和精神病问题的最终根源。这里所说儿童时候发生或观察到的事，会保存在无意识中，成为"原初场景"，后来再通过梦境表现出来，成为意识生活中许多行为和精神病症的重要根源，这在心理分析中，是非常重要的观念。由于这个梦里有狼出现，而此梦的解释在心理分析中又非常重要，于是这个病人也因此得名为"狼人"。布鲁克斯把弗洛伊德的分析与侦探的工作相比，因为梦既是心理根源曲折的表现，又是一种掩饰，表面和实质之间关系十分复杂，需要侦探那样的分析和解释，才可能得出真相。

然而很有意思的是，弗洛伊德在分析了梦，得出了对心理分析说来十分重要的所谓"原初场景"概念之后，却又立即讨论这结论是否真确可靠，质疑这"原初场景"会不会是想象的虚构，究竟那是"原初场景"还是"原初幻想"？弗洛伊德明白，一般人很难接受他对这个梦的解释。他说：

> 我当然知道，这一阶段的症状（对狼的焦虑和肠胃不适）完全可以用另一种更简单的方法来解释，而无须涉及性和性的组织中一个生殖器意识之前的阶段。那些宁愿忽略精神病症兆和事件之间联系的人，

就会去选择这另一种的解释，而我当然无法阻止他们这样做。有关性生活的这类萌芽，除了我上面这样用走弯路的办法之外，很难发现任何有说服力的证据。[①]

弗洛伊德承认，像"狼人"病案中的"原初场景"，事件发生在病人才一岁半这样的幼儿时期，在四岁以后以梦的形式呈现，对一个人成年后的生活又有如此巨大的影响，所有这些其实都"不是作为回忆产生出来，而必须从许多暗示中逐渐而非常细致地揭示出来，甚至可以说建构出来"。不过他又坚持认为，这种建构出来的场景虽然不是来自回忆，但也并不就是虚构的幻想；恰恰相反，分析得出的"原初场景"与回忆有同等价值。弗洛伊德说："其实梦就是另一种回忆，虽然这种回忆要受制于夜晚的条件和形成梦之规律。我认为梦之反复出现，就说明病人自己也逐渐深信那原初场景的真实性，而他们那种信念无论在哪方面，都绝不亚于基于

---

① 　Freud, "From the History of an Infantile Neurosis", trans. A. & J. Strachey, *Collected Papers*, vol. 3, p. 589.

回忆的信念。"① 如果心理分析像侦探工作，那么弗洛伊德在此几乎等于承认，他不能肯定他得出的结论是否就是真相，是否就是真正的事实。从叙事结构的角度看来，那就是使结尾成为一种不确定的悬念。

把"原初场景"和"原初幻想"不作明确肯定的区分，在布鲁克斯看来，正好就是"弗洛伊德思想中最大胆的一个时刻，他作为作者最英勇的一个姿态"（页277）。弗洛伊德完全可以用各种办法来为他得出的结论辩护，但他却勇敢地面对事实，承认心理分析的结论有可能是虚构，甚至是幻想。这是弗洛伊德和一般教条式的心理分析批评家全然不同之处。布鲁克斯说："弗洛伊德在他晚期的一篇文章里提出，分析总是不可了结的，因为针对任何一种可能的结尾，抗拒和转移的力量都总可以产生新的开始。关于狼人的叙述必须完结，必须有一个轮廓，但这些完结和轮廓都是临时性的，随时可以重新打开来接受更多的意义和理论。……叙事理解要求结尾，没有结尾，叙事就不可能有圆满的情节，但结尾

---

① Freud, "From the History of an Infantile Neurosis", trans. A. & J. Strachey, *Collected Papers*, vol. 3, p. 524.

又总是临时性的，是一种假设，是必要的虚构。"（页281）这就是说，弗洛伊德很明确地意识到终结意识之重要，同时也意识到终结之建构甚至虚构的性质。他在关于"狼人"的病案和其他一些地方，都既通过分析得出结论，又对自己得出的结论提出质疑，就好像小说的情节发展到最后，达到一个结尾，可是又出现另外一个结尾的可能一样。有些现代小说就正是如此，在结构上做出新的尝试。这些现代小说和19世纪福尔摩斯那种侦探小说很不同，情节发展到最后，会引出几种可能的结尾，就和弗洛伊德质疑自己得出的结论一样，具有一种模糊性和不稳定性。当代英国小说成功的作品之一，约翰·福尔斯（John Fowles）的《法国中尉的女人》（*The French Lieutenant's Woman*），就有决然不同的两个结尾，而且作者让读者看到情节发展如何推向这样不同的结尾，也就使读者意识到结尾的模糊性和建构性。这使我们又想起上面讨论过那副颇有禅味的对联："天下事了犹未了，何妨以不了了之。"意识到终结是人为的建构，这应该是终结意识之一部分。在这个意义上，通过布鲁克斯的讨论，我们可以明白弗洛伊德的文本为我们理解叙事的结构和意义，尤其是意识到结尾的建构性质，提供了又一个在西方具有经典意义的范例。

三、多元的世界文学新概念

法国学者帕斯卡尔·卡桑诺瓦（Pascale Casanova）在1999年发表了一部颇有些新意的著作，题为《文学的世界共和国》（*La république mondiale des lettres*）。这本书不久就有了英译本，2004年由美国哈佛大学出版社印行。卡桑诺瓦认为很多批评家都孤立地看待文学，而她则主张在"世界文学的空间"里来了解文学，因为只有这样广阔的空间"才可能赋予个别作品的形式以意义和连贯性"[①]。她描述这个"世界文学的空间"或曰"文学世界"有独立于现实政治的疆界，但却和现实政治中的国家一样，是一个"有自己的首都、外省和边疆的世界，在这个世界里，语言成为权力的工具"（页4）。换句话说，文学的世界共和国与现实政治当中的国

---

① Casanova, *The World Republic of Letters*, p. 3. 以下引用此书，只在文中注明页码。

际关系一样，在各地区之间，在不同文学之间，有一种
不平等的权力关系。卡桑诺瓦说：

> 文艺复兴时期的意大利，加上其拉丁传统的力
> 量，就是第一个得到公认的文学强国。随着七星派诗
> 人（Pléiade）在16世纪中叶兴起，接下去的一个就
> 是法国，在挑战拉丁文的霸权和意大利文的优势中，
> 法国最先勾画出了一个超越国界的文学空间。然后是
> 西班牙和英国，接着是欧洲各国，都逐渐以各自的文
> 学"财富"和传统互相竞争。19世纪在中欧出现的
> 民族主义运动——那也是北美和拉丁美洲在国际文坛
> 上渐露头角的世纪——发出了新的呼声，要在文学世
> 界里争一席之地。最后，随着去殖民化，非洲、印度
> 次大陆和亚洲国家也要求他们的文学取得一定地位，
> 得到承认。（页11）

这段话使我们清楚地看到，卡桑诺瓦在此构想的
文学世界，完全是以欧洲或西方为中心，而且是近代欧
洲，甚至没有顾及古代欧洲的情形。她所说文学世界的

权力中心，首先是文艺复兴时期的意大利，然后是法国，接着是西班牙、英国和欧洲其他各国，到19世纪有北美和拉美，最后才是去殖民化之后的非洲、印度次大陆和亚洲国家。可是东方，尤其是东亚，却完全不在她的视野之内。以中国古典文学而论，唐宋时代的辉煌是在公元7世纪至13世纪中叶，比意大利文艺复兴早了好几百年，更不必说更早的先秦、两汉及魏晋南北朝的文学。中国的文字和文学传到朝鲜、日本、越南等东亚、东南亚诸国，在世界的这部分地区产生了相当广泛的影响。描述文学的世界，对世界上这么大而且这么古老的一个部分，怎么可以视而不见呢？所以从中国人或东方人的角度看来，卡桑诺瓦描述这个文学的世界实在表现出西方中心的偏见和局限，更缺乏全球历史的眼光。当然，我们也可以理解，从西方人的角度看来，他们接触并认识到东方文学，的确是近代发生的事情，但也绝不是晚至19、20世纪才发生的现象。然而，卡桑诺瓦的书还是有一定价值，她强调不同文学和不同语言之间不平等的权力关系，的确为我们理解所谓"世界文学"提供了一个新的、令人头脑清醒的思考框架。

卡桑诺瓦说:"事实上,文学的世界和一般人认为文学是和平的领域那种看法全然不同。文学的历史就是有关文学的性质本身不断争执和竞争的历史——是接连不断而且没有穷尽的文学宣言、运动、攻击和革命的历史。正是这样的对抗创造出了世界文学。"(页12)她所理解的文学世界有大国和小国、中心和边缘之分,大国和中心的语言是文化资本和权力的工具,能够体现文学性,而小国和边缘的语言则需要翻译成大国的语言,即在文学世界中占有重要地位的主要语言,才得以进入世界文学的流通领域。卡桑诺瓦认为,一方面,文学摆脱作为政治工具的从属地位,是文学得以发展的条件;但另一方面,文学世界本身又体现出一种强烈的政治性,和民族国家之间的政治现实有密不可分的关联。于是在她看来,巴黎作为文学世界的首都,就不仅是法国文学的中心,而且是全世界文学的中心。她十分明确地说:

> 文学从一开始就有赖于民族,那是构成文学世界不平等关系的核心原因。民族之间之所以产生对抗,

就在于他们的政治、经济、军事、外交和地理的历史
都不仅不同，而且不平等。文学资源总是带有民族的
印记，也因此而不平等，并且在各民族之间是不平等
分配的。（页39）

就近一二百年的历史而论，欧美或西方的确占据了
文学世界更多的资源，处于权力中心，而东方则相对处
于边缘。正因为如此，我在前面就说过，从国际比较文
学当前的状况看来，中西比较文学还处于边缘，还在刚
刚开始发展的阶段，所以还需要做很大的努力，才可能
从边缘走向中心。在这个意义上说来，卡桑诺瓦此书的
确可以提醒我们，在现实世界里，不同国家之间在政治
和经济力量上并不平等，在文学的世界里，不同文学之
间也是一种不平等的关系。可是历史总是变化的，从世
界文学整个历史看来，一段时间权力不平衡的状态，并
不会永远延续下去，所以东西方文学之间的关系，今后
并非没有改变的可能。

卡桑诺瓦书中那种文学政治学或文学社会学观点，
也许长于对文学史作政治学和社会学的描述，但却短于

分析文学作品本身的价值，也根本没有超越性的视野和眼光。我在上面已经提到，她的世界文学概念全然以西方为中心，甚至可以说更狭隘，以法国为中心，而在当前西方学术界，走出西方中心的局限恰恰是一个重要的趋向。这就引我转向下面要介绍的另一本重要著作，大卫·丹穆若什的《什么是世界文学?》。这本书2003年由普林斯顿大学出版社出版，在讨论世界文学时，特别注重超越欧洲中心主义偏见，对于推动美国和西方对世界文学的研究，可以说正在产生积极的影响。

作为一个重要概念，世界文学（*Weltliteratur*）最先是德国大诗人歌德在1827年提出来的，那时候歌德已经七十七岁，年高德劭，他笔下已经完成的作品有《浮士德》《少年维特之烦恼》《威廉·迈斯特》《东西方诗集》《意大利游记》、自传体的《诗与真》和其他许多著作，甚至包括《论色彩》这样的科学论著。他在整个欧洲都享有盛誉，对18至19世纪的文学、哲学，甚至科学，都产生了相当大的影响。一位年轻学者爱克曼（Johann Peter Eckermann）对歌德十分崇敬，他详细记录与歌德的谈话，在歌德去世后于1835年发表《歌德谈话录》（*Gespräche mit Goethe*），那是了解歌德作品和思想的一部重要著作。歌德的"世界文学"概念，就是1827年1月底，在与爱克曼的谈话中提出来的。

我在本书第一章已经提到过，歌德是在读过一本中国小说之后，提出了世界文学的概念。丹穆若什就从歌德与爱克曼这段谈话说起，来讨论世界文学的概念。对歌德说来，中国小说当然是外国作品，而歌德对这部外国作品的态度包含了三种不同的反应：一是清楚意识到外来文化的差异，产生一种新奇感；二是感到其中有许多可以沟通之处，于是心有戚戚焉，可以从中得到一种满足；三是一种既相似又不同的中间状态的感觉，而这最能够影响读者的感觉和行为，使之产生变化。同中有异，异中有同，这就是世界文学得以超越民族国家的界限而产生的条件。丹穆若什解释说：

> 世界文学包括超出其文化本源而流通的一切文学作品，这种流通可以是通过翻译，也可以是在原文中流通（欧洲人就曾长期在拉丁原文中读维吉尔）。在最广泛的意义上，世界文学可以包括超出自己本国

范围的任何作品，但纪廉谨慎地强调实际的读者，也很有道理：无论何时何地，只有当作品超出自己本来的文化范围，积极存在于另一个文学体系里，那部作品才具有作为世界文学的有效的生命。

因此，世界文学是"一种流通和阅读的模式，是既适用于个别作品，也适用于一类作品的阅读模式，既可以是阅读经典作品，也可以是阅读新发现的作品"①。换言之，一部文学作品无论在本国范围内多么有名，如果没有超出本国的名声，没有在其他国家获得读者的接受和欣赏，就算不得是世界文学作品。在这当中，翻译当然会起重要的作用，因为一部作品往往需要通过翻译，尤其是翻译成文学世界里主要的语言，才可能建立起在世界范围内的名声，成为世界文学的作品。

一部文学作品超出本国传统，无论以原文还是以译本的形式在其他文学系统里流通，别国读者对这部作品的理解，当然很有可能和本国读者不同。以中国古典

---

① Damrosch, *What Is World Literature*? pp. 4–5. 以下引用此书，只在文中注明页码。

文学为例，历代批评几乎一致的意见，都认为成就最高的诗人是杜甫，但国外的情形却不同。最先在日本、后来在欧美，介绍得最多的不是杜甫，而是白居易。也许白居易的诗较为浅显易懂，相比之下，杜甫的诗则复杂精深得多，所以外国人更容易接受白居易，而他们要真正读懂而且欣赏杜甫，就相当困难。在这种情形下，是否白居易进入了世界文学，杜甫反而落在世界文学之外呢？或者说，进入世界文学范围流通的作品，并不是一个文学传统中最精深的作品呢？当然，国外并非没有杜诗译本，也并非没有研究杜甫的著作，所以不能说杜甫没有进入世界文学的范围。但要使外国读者也能欣赏杜甫，以他们能理解的方式讲出杜诗的妙处，的确还需要研究世界文学和比较文学学者们的努力。正如丹穆若什所说，我们不能只依赖民族文学的专家来分析具体的文学作品，比较文学和世界文学的研究者对具体的作品，也应该有深入理解和分析的能力。我们并不需要"在全球的系统性和文本无穷的多样性之间做非此即彼的选择"（页26）。在我看来，比较学者应该做的恰好是向一般读者阐发一部作品的精微之处，使外国读者对一部作品的了解，能尽量接近本国的读者。就英国文学而言，其中重要的作品大概都得到世界上其他地方读者的了解和欣赏，而中国文学里重要的作品，就还需要更大的努力，才得以在世界范围内达到类似的普遍理解。这和上面卡桑诺瓦所说文学世界里那种力量对比的不平衡，确实有一定关系。换言之，在文学的世界共和国里，只有当中国文学占据了与英国文学或法国文学同等重要的地位时，外国读者对中国文学的了解，才会逐渐接近于中国读者对本国文学的了解。要缩短中国和外国读者理解和欣赏中国文学的距离，就需要比较文学和世界文学研究者的努力，更需要中国学者们自己的努力。

　　丹穆若什认为，本国传统和国外读者这种接受上的差异，不一定就意味着对文学作品的误解。他说："一部作品进入世界文学的领域，不仅不会必然丧失其原来本真的特质，反而可能有许多新的收益。"（页6）爱克曼《歌德谈话录》一书，就可以做一个例子。爱克曼曾努力于创作，写过不少文学作品，但他的作品没有一部在后代有什么影响。他发表《歌德谈话录》，初版销售得并不好，也没有得到很多评论，续集则更受冷落。但是德文原版出版之后，很快就被翻译成英文，而且得到读者欢迎。后来此书陆续被翻译成欧洲和欧洲以外的许多语言，毫无疑问进入了世界文学流通的领域，于是"此书在国外大受欢迎，就为它后来在本国的复活拉开了帷幕"（页32）。这个例子说明，有时候一部作品超出本国范围，在其他文学传统中得到肯定，会反过来改变它在本国文学传统中的地位。

不过爱克曼的书经过翻译大获成功，爱克曼本人却在译本中大变了样。1848年版的英译者奥克森福特（John Oxenford）重新组织爱克曼原书谈话的顺序，甚至改动书名，把原文的 *Gespräche mit Goethe* 即《歌德谈话录》，变成 *Conversations with Eckremann* 即《爱克曼谈话录》，使歌德，而不是爱克曼，成为此书作者。在1850年版中，奥克森福特更尽量删除爱克曼在书中出现较多之处，而在那以后的许多译者和编者都觉得可以随意改动爱克曼的原文，只有书中歌德说的话才得到他们的尊重。可是此书完全由爱克曼撰写，包括其中歌德所说的每一句话，都是爱克曼在事后通过回忆写出来的。丹穆若什讨论了爱克曼此书在翻译中的所得与所失，特别注意"一部作品从原来的环境转移到一个新的文化环境时，在语言、时代、地区、宗教、社会地位以及文学背景等方面发生的互相纠结在一起的变化"。他认为过去一部作品在翻译和流通之中，常常发生一些错误，遭到误解和歪曲；我们现在应该争取做得更好，但那也就要求我们对世界文学有更好的理解。他随后讨论了从古代一直到当代许多作品的发现、解释、接受和流通的过程，评述其中的利弊得失，所以他说，他这本书"既是讨论定义的论文，同时又庆祝新的机会，讲述一些让人警戒的故事"（页34）。

他所讲的第一个故事是关于19世纪最重要的考古成果之一，即发现古代美索不达米亚楔形文字和世界文学中最古老的史诗《吉尔伽美什》（*Gilgamesh*）。1845年11月，对古代中东文化十分入迷的英国人拉雅德（Austen Henry Layard）在相当于今日伊拉克北部之摩苏尔（Mosul）城附近开始发掘，在跨过底格里斯河的对岸，幸运地发掘出了古城尼尼微（Nineveh），从积淀了数千年的泥土下面，挖出了人面牛身的有翼神兽。古代亚述这种神牛的巨型石雕，伟岸有力，现在已经是美索不达米亚艺术的典型代表。随后，大英博物馆在1853年请拉雅德的朋友和助手、出生在摩苏尔的腊萨姆（Hormuzd Rasam）再度出发去尼尼微，在那里又发掘出了公元前7世纪中叶亚述国王阿舒班尼拔（Ashurbanipal）的宫殿，尤其是宫中图书馆残存下来的两万五千多片镌有楔形文字的泥板，其中就包括了史诗《吉尔伽美什》。不过当时还没有人能解读这些泥板上的楔形文字，甚至不知道这是些什么东西。这些泥板收藏在大英博物馆，一位极有语言天赋的英国人乔治·史密斯（George Smith）夜以继日，经过多年的刻苦钻研，终于打开了楔形文字之谜，并在1872年秋天，解读出一块泥板上所刻文字记述的是世界大洪水的故事，在很多方面和《圣经》上诺亚方舟的故事相当接近。史密斯破解了泥板上楔形文字之谜，简直欣喜若狂，因为在沉睡了数千年之后，这些神秘文字的意义终于被重新释放出来，向人们揭示数千年前一个既陌生又可以沟通的世界！

在19世纪晚期欧洲的《圣经》研究中，尤其是德国的学者们已经通过文本的内证表明，旧约开头的所谓

《摩西五书》不可能是如传说那样为摩西所著，而是由不同时期、不同观点的著作合成的。这样一来，《圣经》叙述的历史是否可靠，首先受到近代地理学知识的挑战，然后又被生物进化论所质疑，于是《圣经》传统的权威开始动摇。到19世纪末，当古代亚述和巴比伦这些楔形文字的泥板被发现之后，在欧洲就引起轰动，很多人希望这些古代文本能为《圣经》所记载的历史提供独立的旁证。史密斯就正是抱着这样一种态度，把《吉尔伽美什》主要视为《圣经》的旁证。丹穆若什把史密斯的工作称为一种"同化性质的接受"，因为史密斯极力把这首讲述古代苏美尔国王吉尔伽美什英雄业绩的史诗与旧约《圣经》所讲述的历史相联系，而完全忽略其本身的文学价值。在他看来，那些刻着楔形文字的泥板"主要因为有迦勒底人关于大洪水的记载而有趣"，但其实诗中有关洪水的片断在全部作品所占的篇幅，还不及十分之一（页57）。虽然史密斯最先破解了楔形文字之谜，对于发现《吉尔伽美什》贡献极大，但他对这史诗的解释却受到时代限制，注意其能够印证《圣经》的价值，并以19世纪欧洲人的眼光，以为这是一首民族史诗，代表一个民族成长和统一的声音。然而《吉尔伽美什》的故事比《圣经》文本更早，和近代的民族主义更毫无关系。丹穆若什认为，从史密斯发现那些泥板以来，已经一百多年过去了，我们现在对这部史诗以及产生它的文化，都有了更多了解，也就可以"带着对这一特殊文化的认识，把这部史诗作为世界文学作品来读"（页66）。

吉尔伽美什在历史上实有其人，据《苏美尔王表》，他是洪水后乌鲁克（Uruk）第一王朝的第五位君主，大概公元前27世纪在位。在史诗里，他完全被神化成一位超乎凡人的英雄。现存这部史诗分写在十二块泥板上，开头描绘吉尔伽美什英俊魁伟，非寻常人可比，因为他"三分之二是神，三分之一是人"[1]。但他凶悍自负，引得众人怨恨，纷纷向众神控诉，于是神创造了一个半人半兽、可以与他匹敌的恩奇都（Enkidu）。两人争斗相持不下，反而成为挚友，一同去建功立业，

---

[1]　赵乐甡译《吉尔伽美什》（南京：译林出版社，1999年），页5。此书译者在书前的译序和书后的附录中，对这部史诗和苏美尔—巴比伦文学都有较详细的讨论，值得参考。

杀死了住在杉树林里的妖魔芬巴巴（Humbaba）。但随后女神伊什坦尔（Ishtar）向他表示爱慕之情，吉尔伽美什却以她常常朝秦暮楚而拒绝了她，于是得罪了天神。神派来天牛，又被吉尔伽美什和恩奇都一起杀死，众神震怒而惩罚他们，使恩奇都猝然病死。恩奇都之死不仅使吉尔伽美什感到悲痛，而且对死产生极大畏惧，便去寻找逃过洪水而得永生的乌特纳庇什提牟（Utnapishtim），这就是前面提到过诗中讲述洪水故事的一段。然而从乌特纳庇什提牟那里，吉尔伽美什并没有得到长生的秘诀，反而认识到人总逃不过死亡。他最后与恩奇都的幽灵在冥府相会，史诗也在暗淡的氛围中结束。

《吉尔伽美什》的文本由于残留下来的泥板有时不全，有时又字迹难辨，所以意义难免零碎，有许多看来前后矛盾、龃龉不合之处。丹穆若什认为，那些看来自相矛盾的地方，也往往是从我们现代人的角度和要求出发，才产生出来的问题。这恰好显出远古时代和现代的差异，我们不能以现代人的观念去要求于数千年前的古人。他说：

对于文本之不能自圆其说，巴比伦的诗人们比现代的小说家有更大的容忍度：就像希伯来《圣经》早期的编订者一样，他们常常采用互相矛盾的传统，却并不觉得特别需要把这些传统调和一致。这在他们完全不成问题，因为他们在意的是别处；他们对个别人物的性格并不注重，所以只有现代的评论者才会想要去确定，吉尔伽美什攻击芬巴巴究竟是勇敢还是冒失，是崇高的行为，还是过度自傲。在这一个例子中，正如史诗中其他许多例子一样，了解文本的历史会有助于我们理清在我们的价值和古代作者的价值之间不同程度的差异。（页70）

在阅读古代和不同文化传统的作品时，丹穆若什强调我们应该注意时空的距离，对不同于我们自己的价值或者说现代价值观念的作品，我们应该有一种敏感，有对其差异的理解和尊重。只有这样，我们才可能有不同于过去"同化式接受"那种自我中心的偏见，也才可能产生多元的世界文学新观念。

从古代亚述和巴比伦的史诗《吉尔伽美什》到

当代危地马拉政治活动家利戈蓓塔·门丘（Rigoberta
Menchú）自述性质的"证词"作品（*testimonio*），再到
塞尔维亚作家帕维奇（Milorad Pavić）的《哈扎尔辞典》
（*Dictionary of the Khazars*），丹穆若什在《什么是世界
文学?》这本书里讨论了从古到今许多不同作品，而且大
多是传统西方经典之外的作品。在西方文学研究中，这
无疑开拓了世界文学更广阔的领域和视野。我在此只介
绍了他讨论歌德的"世界文学"概念以及史诗《吉尔伽
美什》的一章，但这本书其余部分也都写得生动有趣，
对于我们了解美国和西方文学研究当前的趋向，都很有
参考价值。丹穆若什坦然承认，他所讨论的这些作品只
是他心目中的世界文学；别人所理解的世界文学很可能
完全是另外的样子，所讨论的会是另一些作品。他说，
我们现在所处的时代非常多元，不同读者很可能喜爱完
全不同的文学作品，不过作为世界文学，这些不同作品
又有一些共同点，可以归纳起来得出一个三重的定义：

（1）世界文学是民族文学简略的折射。

（2）世界文学是在翻译中有所得的著作。

（3）世界文学不是一套固定的经典，而是一种
阅读模式：是超脱地去接触我们时空之外的世界的一
种形式。（页281）

这里的第一点指出，世界文学固然首先来自某一
民族文学，但又必然是民族文学超出自己焦点范围的折
射，因为只有当一部文学作品超出自己本来的传统，进
入外国传统或在国际上流通时，才成其为世界文学作
品。第二点强调翻译的重要，因为一部作品要在超出本
国范围的读者群中流通，成为世界文学，就往往需要
通过翻译，往往是译本的流通。如果作品的语言不易译
成外文，或作品内容太局限在某一特定的历史文化环境
中，这部作品也就很难经过翻译进入世界文学的领域。
丹穆若什认为，比较文学研究应该重视翻译问题，应该
探讨文学翻译与世界文学之间的关系。最后第三点再次
肯定世界文学包括各种作品，是一种阅读模式，是我们
通过阅读外国作品、往往是通过阅读翻译作品去接触一
个陌生的世界，一个超乎我们自己时空的世界。世界文
学打开一扇窗户、一道门，引我们走向更广阔的世界。

　　在我看来，世界文学目前确实没有一套固定的经典，但一部作品要真正能进入世界文学的范围，而且长期得到不同国家、不同文化背景的读者们喜爱，其本身的价值，包括内容的思想价值和文字的审美价值，都将是关键的因素。换言之，经典仍然是任何文学观念的核心：经过一定时间的检验，一部作品由于自身内容和文学价值的原因，在世界文学中确立了自己的地位，也就成为世界文学中有代表性的作品，或者说世界文学的经典。经典当然不是固定的一套书，但也不是任何作品随意的、漫无边际、漫无准则的组合。我们在很多大都市国际机场的书店里，都可以看到以好几种语言的译本在国际上流通的畅销小说，但那些书大多数都很快就会被淘汰，也就不会成为世界文学的一部分。这就是广泛流通的畅销书和世界文学经典的区别，所以世界文学不是仅仅由翻译和流通就可以界定的概念。

　　我们想到世界文学具有代表性的作品，不可能完全抛开传统上承认的经典。就研究中西比较文学的学者而言，我们大概会想到中国和西方的经典，想到荷马、维吉尔、但丁、莎士比亚、巴尔扎克、托尔斯泰、卡夫卡等西方的作家和诗人，也会想到屈原、陶潜、李白、杜甫、韩愈、柳宗元、欧阳修、苏东坡、曹雪芹等中国的诗人和文人。这个名单当然太短而令人不满意，但哪怕把这个名单扩大好几倍，恐怕仍然不能令人满意。大概我们每个人都可以不断增加自己喜爱的名字，而这就恰好是文学经典的性质。世界文学是一个包容的概念，和比较文学一样，其要义在于超越民族文学的传统，其中的经典作品既属于某个民族文学传统，也更是属于全人类的文学创作。世界文学使我们认识到人类创造力之丰富，使我们得以在一个更开阔的视野里，以更宏大的胸襟去欣赏不同文学传统的杰作，去理解不同民族文化的要义和精华。

4
▲

中西比较研究典范举例

一、理论的理解和表述

我在前面第二章说过，在西方学术环境里，东西方比较研究目前还并非主流，还处于边缘地位。然而中国的情形当然不同，学界前辈们早已在中西比较的领域中取得不少成就，足以为我们提供研究的典范。除20世纪早期有关比较文学的翻译介绍之外，像陈铨、范存忠等许多学者都已写出不少扎实的文章，探讨中西文学之间的关系①。我在本章将介绍几位前辈学者的著作，因

---

① 参见季进、曾一果《陈铨：异邦的借镜》（北京：北京出版社，2005 年）；范存忠《中国文化在启蒙时代的英国》（上海：上海外语教育出版社，1991 年）。

为这些著作都涉及中西文学的比较研究，在讨论的问题上，在研究方法和具体材料的选择上，比前一章介绍的西方研究著作，也许能给我们更直接、更亲切的启迪。

朱光潜先生是我国美学研究的权威。他的《给青年的十二封信》《文艺心理学》《变态心理学》《谈美》《西方美学史》《谈美书简》《美学拾穗集》等许多重要著作，以及柏拉图《文艺对话集》、莱辛《拉奥孔》、爱克曼《歌德谈话录》、黑格尔《美学》和维柯《新科学》等许多译著，可以说自20世纪30年代以来，影响了好几代爱好文艺的青年和研究美学与文艺理论的学者。朱先生的文笔清朗，极善条分缕析，推论说理。无论多么深奥的理论，在他笔下写出来，都有如一股清泉，汩汩流淌，沁人心脾，绝无半点污泥浊水的昏暗晦涩。这就使我想到理论的深刻和论述的明晰之间的关系问题。朱先生讨论和翻译的西方美学著作，原文往往都很艰深，但他总是能用十分清晰的语言把深刻的思想表述出来，使读者较易理解。这当然要归功于朱先生超乎一般人的驾驭文字的能力，但这又绝不仅是文字功夫，而首先是他把原文理解得十分透彻、思考得十分清楚的结果。我们不时会看到一些号称讨论理论问题的文章，读来佶屈聱牙，让人似懂非懂，道理似是而非，文句半通不通，加上一些面目可憎的生造词语，以晦涩冒充深刻，读来令人昏昏欲睡。这实在是文章之大病，文章之大劫，而究其原因，则往往是写文章的人自己既未把握中文表达技巧，又不能透彻理解西方的语言和思想；自己就懵懵懂懂，却欲以其昏昏，使人昭昭，岂不是自欺而欺人？其实语言和思维，文字和思想，本来就是二而一、不可分的。思想不清楚，文字表达也就不可能清楚。思想深奥，固然可能有一种理论的艰深，但文字晦涩，却并不就是深刻的迹象。能不能用中文清楚表述和讨论西方文学理论，这不仅是翻译的问题，更是理解和阐释的问题。所以要能做好中西比较文学，研究者就必须很好掌握两种或多种语言，而且必须对中西文学和文化传统有相当深入的了解。我们读朱光潜先生的著作，就可以从中体会思想和语言之间的关系，力求在自己写作时，做到思想明晰，表述清楚。

有人谈论所谓现代中国人"失语"的问题，认为近代以来，西方输出思想观念和理论方法，我们不能不用西方的术语来讨论文学艺术，于是我们丧失了自己传统的语言，不可能用自己的语言来表述思想。这一说法不是没有一点道理，但把所谓"失语"理解成我们不能用清楚明朗的语言来表达思想，那就陷于荒谬了。其实在西方学界，也有不少人讨论理论语言抽象虚玄，使用生造的术语，所谓jargon-laden language的问题。可见语言表达的困难，并不是中国人独有的。西方语言和中国语言在表述方式上的确有些不同，但说到底，思想和语言是不可分的，我们总是在语言中思维，语言并不只是一种表达的工具。这可以说在20世纪有关语言、思维的研究中，已经成为一种常识。语言达意的困难和局限是哲学家和宗教家们常常讨论的问题。哲学家维特根斯坦在《逻辑哲学论》里就说过："凡可言者就可以清楚地说出来；凡不可言者，我们就必须保持沉默。"①《庄子·知北游》描写知问道无为谓于元水之上，"三问而无为谓不答也。非不答，不知答也"。后来去请教黄帝，黄帝告诉他说，"不知答"的无为谓才是真正知

---

① Ludwig Wittgenstein, *Tractatus Logico-Philosophicus,* trans. C. K. Ogden (London: Routledge & Kegan Paul, 1983) , p. 27.

道之人，因为"知者不言，言者不知。故圣人行不言之教"。我们不是圣人，不必跟着去责怪语言无用，也不必以患了"失语症"为托词，为自己不善表达开脱责任。研究学问的人应该而且也能够做到的，是尽量理解透彻，把问题想清楚，然后用清晰明白的语言表述思想。朱光潜先生以及本章要介绍的其他前辈学者的著作，在这方面就为我们树立了很好的典范。

二、中西诗论的融合

就中西比较文学而言，我在此要特别介绍朱光潜先生的《诗论》。这本书初版于1942年，1947年有增订版，1984年又有进一步增删的新版。朱先生在新版后记里说："在我过去的写作中，自认为用功较多，比较有点独到见解的，还是这本《诗论》。我在这里试图用西方诗论来解释中国古典诗歌，用中国诗论来印证西方诗论；对中国诗的音律、为什么后来走上律诗的道路，也

作了探索分析。"①由此可见，朱先生自己颇看重这本
著作，因为这本书不是简单介绍西方诗论，而是把西方
文学理论与中国古典诗歌糅合起来，用中西诗论来相互
印证，其中更有作者独到的见解。例如论诗与乐、舞同
源，朱先生不仅举了古代希腊酒神祭典和澳洲土著歌舞
为例，而且从中国的《诗经》、楚辞、汉魏乐府等古代
作品中找出例证，见出诗与乐、舞同源的痕迹。他书中
的论述可以说是中西诗论很好的融合。

朱先生论诗与谐隐，提到西方关于喜剧、幽默、
讽刺、比喻等概念，但全篇主要以中国诗文举例，指出
诗作为语言的妙用，总带有一点文字游戏的成分在内，
许多论述都是颇有新意的见解。刘勰《文心雕龙·谐
隐》早已指出："蚕蟹鄙谚，狸首淫哇，苟可箴戒，载
于礼典。故知谐辞隐言，亦无弃矣。"这就是说，哪怕
笑话、谚语、谜语之类的游戏文字，只要能给人规劝和
告诫，都可以载入典籍，也就不可轻视。朱先生从刘勰
谈起，把中国的谐和西方的幽默概念相联系，认为"谐

---

① 朱光潜《诗论》，页317。以下引用此书，只在文中注明页码。

趣（the sense of humour）是一种最原始的普遍的美感活动。凡是游戏都带有谐趣，凡是谐趣也都带有游戏。谐趣的定义可以说是：以游戏态度，把人事和物态的丑拙鄙陋和乖讹当成一种有趣的意象去欣赏"（页24）。谐既然是取笑丑拙鄙陋的人生百态，所以富于社会性，是以正常的社会规范为基础，对丑拙鄙陋作出讽刺和批评，但这讽刺又是温和而非恶意的，有别于怒骂和尖刻的嘲讽。朱先生强调说，这一区别对理解谐的意义十分重要，因为谐是"爱恶参半。恶者恶其丑拙鄙陋，爱者爱其还可以打趣助兴。因为有这一点爱的成分，谐含有几分警告规劝的意味，如柏格森所说的。凡是谐都是'谑而不虐'"（页27）。这里所谓"爱恶参半""谑而不虐"体现出的宽恕精神，可以说正是美学家朱光潜的特点。这是取审美、超脱的态度去观察事物，表现出一种温和、豁达的心态。

　　朱先生把豁达与滑稽、悲剧性与喜剧性的诙谐相对比。他认为"豁达者在悲剧中参透人生世相，他的诙谐出于至性深情"；这种人"虽超世而不忘怀于淑世，他对于人世，悲悯多于愤嫉"。与此相对，"滑稽者

则在喜剧中见出人事的乖讹"，他站在理智的立场冷嘲
热讽，但其"诙谐有时不免流于轻薄"（页29）。古诗
《焦仲卿妻》叙夫妇离别时，妻子信誓旦旦地说："君当
作磐石，妾当作蒲苇；蒲苇韧如丝，磐石无转移。"后
来焦仲卿得知妻子被迫改嫁的消息，就拿妻子从前说过
这几句话来讽刺她说："府君谓新妇：贺君得高迁！磐
石方且厚，可以卒千年；蒲苇一时韧，便作旦夕间。"
朱先生评论说："这是诙谐，但是未免近于轻薄，因为
生离死别不该是深于情者互相讥刺的时候，而焦仲卿是
一个殉情者。"他更近一步说："同是诙谐，或为诗的
胜境，或为诗的瑕疵，分别全在它是否出于至性深情。
理胜于情者往往流于纯粹的讥刺（satire）。讥刺诗固自
成一格，但是很难达到诗的胜境。像英国蒲柏（Pope）
和法国伏尔泰（Voltaire）之类聪明人不能成为大诗人，
就是因为这个道理。"（页32）对此，不同人也许有不
同看法，讽刺是否一定不能达于诗的胜境，也还可以讨
论，不过朱先生在这里的确提出了他自己的看法，值得
我们去进一步思考。

刘勰所谓隐，简单说来就是谜语，是故意不把描

绘的事物明白说出来。朱先生在此提到古代的谜语、射覆、释梦、占卜的预言，甚至童谣，指出隐语和诗有密切关系。他说："英国诗人柯勒律治（Coleridge）论诗的想象，说它的特点在见出事物中不寻常的关系。许多好的谜语都够得上这个标准。"（页37）中国古代咏物诗词就常常像隐语，通篇描写一事物，却不直说那事物之名。但见出事物之间不寻常的关系，用一事物去替代另一事物，却不仅在咏物诗一格，而且"也是诗中'比喻'格的基础"（页40）。中国古诗讲究比兴，不过是这种隐语方式的发挥。朱先生由此指出中国文学的一个特点："中国向来注诗者好谈'微言大义'，从毛苌做《诗序》一直到张惠言批《词选》，往往把许多本无深文奥义的诗看作隐射诗，固不免穿凿附会。但是我们也不能否认，中国诗人好作隐语的习惯向来很深。屈原的'香草美人'大半有所寄托，是多数学者的公论。无论这种公论是否可靠，它对于诗的影响很大实毋庸讳言。"（页41）他又说："诗人不直说心事而以隐语出之，大半有不肯说或不能说的苦处。骆宾王《在狱咏蝉》说'露重飞难进，风多响易沉'，暗射谗人使他不能鸣冤；清人咏紫牡丹说'夺朱非正色，异种亦称王'，暗射爱新觉罗氏以胡人入主中原，线索都很显然。这种实例实在举不胜举。我们可以说，读许多中国诗都好像猜谜语。"（页42）语言本身的发展就离不开隐喻，诗的语言当然更是如此。此外，用同音字作双关语，用相同的字来重叠、接字、趁韵等，在中国诗和民谣中都很常见而且各有妙趣。朱先生说："我们现代人偏重意境和情趣，对于文字游戏不免轻视。一个诗人过分地把精力放在形式技巧上做功夫，固然容易走上轻薄纤巧的路。不过我们如果把诗中文字游戏的成分一笔勾销，也未免操之过'激'。"（页48）文学本是语言的艺术，文字的巧妙非常重要，研究者如果严肃有余，意趣不足，就总有所缺失。所以朱先生指出文字游戏的艺术趣味，很值得我们注意。

朱先生在写作《诗论》时，颇服膺意大利哲学家克罗齐的美学理论，所以借助克罗齐和其他西方文艺理论来讨论诗的境界，尤其是王国维的境界说。王国维在《人间词话》里有一段著名的话说：

　　有有我之境，有无我之境。"泪眼问花花不语，
乱红飞过秋千去"，"可堪孤馆闭春寒，杜鹃声里斜
阳暮"，有我之境也；"采菊东篱下，悠然见南山"，
"寒波澹澹起，白鸟悠悠下"，无我之境也。有我之
境，以我观物，故物皆著我之色彩；无我之境，以物
观物，故不知何者为我，何者为物。……无我之境，
人惟于静中得之；有我之境，于由动之静时得之，故
一优美，一宏壮也。

　　朱先生对观堂此说颇不以为然，认为"以我观物，
故物皆著我之色彩"，就是西方所谓"移情作用"，即
把人的思想情感投射到外物之上。如王国维所引欧阳修
"泪眼问花花不语"名句，花本无泪亦无语，是人把自
己忧伤之情寄托在花的形态上表现出来。王国维认为这
诗句表面写花，实则写人，所以是"有我之境"。但朱
先生完全从另一个角度出发，认为"移情作用是凝神
注视，物我两忘的结果，叔本华所谓'消失自我'。
所以王氏所谓'有我之境'其实是'无我之境'（即忘
我之境）"（页61）。王国维所谓"无我之境，以物观

145

物”，似乎消除了诗人的自我，而他所举的例子，陶潜名句“采菊东篱下，悠然见南山”和元好问名句“寒波澹澹起，白鸟悠悠下”，都是诗人所见的意象，不能说没有诗人的自我。朱先生认为那“都是诗人在冷静中所回味出来的妙境（所谓‘于静中得之’），没有经过移情作用，所以实是‘有我之境’”（页61—62）。这样一来，朱先生把王国维所说的“有我之境”和“无我之境”颠倒过来，以为两者的表述都不准确。这问题颇为复杂，批评家们对王国维的境界说有各种不同理解。朱先生批评《人间词话》里著名的“有我”“无我”这一对概念，两家的分歧究竟在哪里呢？

朱先生关于美的概念，从来认为是主观与客观的统一，没有客观存在的外物之美，固然不可能有美，但美离不开人的主观感受，无我，也就没有了人的意志和情感，就不可能有人的审美意识所感受到的美，更不可能有文艺。朱先生不赞许王国维“有我”“无我”之说，这大概就是最根本的原因。朱先生认为“严格地说，诗在任何境中都必须有我，都必须为自我性格、情趣和经验的返照”（页62）。有论者认为，王国维所谓“无

我"，并不是否定自我，但在朱先生看来，这至少是
用词不当，所以他说"王氏所用名词似待商酌"（页
61）。朱先生以尼采《悲剧的诞生》为例，说明古希腊
人的智慧就表现在能调和主观与客观，调和代表主体意
志的酒神狄奥尼索斯（Dionysus）和代表外物意象的太
阳神阿波罗（Apollo），"由形象得解脱"而产生出希
腊悲剧。他赞同英国诗人华兹华斯（Wordsworth）《抒
情歌谣集序》里的名言："诗起于经过在沉静中回味来
的情绪"（emotion recollected in tranquility），认为那
是"诗人感受情趣之后，却能跳到旁边来，很冷静地把
它当作意象来观照玩索"（页66）。朱先生认为王国维
所谓"无我之境"，其实是诗人在冷静的回味之中，把
外物"当作意象来观照玩索"的结果，而非"以物观
物"，消除了诗人的自我。朱先生还讨论了"古典"和
"浪漫"之分，讨论了偏重情感的主观"表现"和偏重
人生自然的客观"再现"之别，认为这些分别都各有局
限。他说："没有诗能完全是主观的，因为情感的直率
流露仅为啼笑嗟叹，如表现为诗，必外射为观照的对象
（object）。也没有诗完全是客观的，因为艺术对于自然

必有取舍剪裁，就必受作者的情趣影响"（页68）。总而言之，美和文艺，当然包括诗在内，都是主观和客观的统一，是情趣和意象的契合。诗人由于性情、学养、风格之不同，对于主客各有偏重，在程度上有强调的不同，但却没有纯主观或纯客观的彼此对立。所以对于"有我之境"，朱先生觉得较易接受，而对于"无我之境"，则认为在理论上不能成立。

朱先生有一篇《中西诗在情趣上的比较》直接涉及中西比较文学。他一开头就说："诗的情趣随时随地而异，各民族各时代的诗都各有它的特色。拿它们来参观互较是一种很有趣味的研究。"（页78）他首先比较中西抒写人伦情感的诗说："西方关于人伦的诗大半以恋爱为中心。中国诗言爱情的虽然很多，但是没有让爱情把其他人伦抹煞。朋友的交情和君臣的恩谊在西方诗中不甚重要，而在中国诗中则几与爱情占同等位置。把屈原、杜甫、陆游诸人的忠君爱国爱民的情感拿去，他们诗的精华便已剥丧大半。"（页78）朱先生认为西方诗人侧重个人，中国诗人更重群体和社会，而在风格上"西诗以直率胜，中诗以委婉胜；西诗以深刻胜，中诗以微妙胜；西诗以铺陈胜，中诗以简隽胜"（页80）。
这里说出了中西诗的几个重要差异，而形成这些差异的
原因，朱先生也从社会环境和思想传统等方面做了一些
说明。

接下去朱先生比较中西描写自然的诗，认为自然
美和艺术美都有刚柔之分。在中国诗人中，李白、杜
甫、苏东坡、辛弃疾是刚性美的代表，王维、孟浩然、
温庭筠、李商隐是柔性美的代表。但把中国诗与西方诗
相比较，"则又西诗偏于刚，而中诗偏于柔。西方诗人
所爱好的自然是大海，是狂风暴雨，是峭崖荒谷，是日
景；中国诗人所爱好的自然是明溪疏柳，是微风细雨，
是湖光山色，是月景。这当然只就其大概说。西方未尝
没有柔性美的诗，中国也未尝没有刚性美的诗，但西方
诗的柔和中诗的刚都不是它们的本色特长"（页81—
82）。这的确只是概而言之，因为刚柔都是相对的，只
是程度的差异，而非本质的区别。西方人描写自然而且
细腻温柔者，亦不在少数，而像杜甫《望岳》名句：
"会当凌绝顶，一览众山小"，岑参《走马川行奉送封
大夫出师西征》开篇数句："君不见走马川行雪海边，

平沙莽莽黄入天。轮台九月风夜吼，一川碎石大如斗，随风满地石乱走"等，写景都气象宏伟，有阳刚之美。不仅如此，就是以委婉简隽著称的王维，在描写边关的诗里，也有"大漠孤烟直，长河落日圆"这样雄浑的名句，王国维在《人间词话》里，就把王维此句称之为"千古壮观"。

不过朱先生认为，对自然的爱好有三个层次，第一是听觉、视觉之类感官的愉悦；第二是心有所感，是"情趣的默契忻合"，这正是"多数中国诗人对于自然的态度"；但第三也是最高层次的爱好则来自一种"泛神主义，把大自然全体看作神灵的表现，在其中看出不可思议的妙谛，觉到超于人而时时在支配人的力量"。朱先生认为这种宗教情怀"是多数西方诗人对于自然的态度，中国诗人很少有达到这种境界的"（页82）。这就牵涉到哲学和宗教，而朱先生认为这恰好是我们中国传统中比较薄弱的方面。中国儒家有讲究伦理的信条却没有系统的玄学，老庄虽然深奥，但影响中国诗人的与其说是老庄哲学，不如说是逐其末流的道家思想。在文学上的表现就是所谓游仙诗，其构想的仙界往往不能超脱世俗。朱先生说："道家思想和老子哲学实有根本不能相容处。老子以为'人之大患在于有身'，所以持'无欲以观其妙'为处世金针，而道家却拼命求长寿，不能忘怀于琼楼玉宇和玉杯灵液的繁华。超世而不能超欲，这是游仙派诗人的矛盾。"（页88）中国传统当然还有佛教的影响，但朱先生认为："受佛教影响的中国诗大半只有'禅趣'而无'佛理'。'佛理'是真正的佛家哲学，'禅趣'是和尚们静坐山寺参悟佛理的趣味。"（页89）中国诗人取于佛教者就在"禅趣"，即"静中所得于自然的妙悟"，却并不要信奉佛教，也不求彻底了悟佛理。所以说到底，"佛教只扩大了中国诗的情趣的根底，并没有扩大它的哲理的根底"（页91）。因此，朱先生认为比较起但丁《神曲》、弥尔顿《失乐园》、歌德《浮士德》等西方的经典之作，中国诗缺少"深邃的哲理和有宗教性的热烈的企求"，所以只能"达到幽美的境界而没有达到伟大的境界"（页92）。这样的价值判断必然以个人趣味和见识为基础，不一定得到普遍的赞同，但这是一位对中西文学都有很深了解和修养的前辈学者的意见，就值得我们格外重视而深长思之。

《诗论》中还有一篇评莱辛名著《拉奥孔》讨论诗与画的关系，是比较研究中很有趣的问题。诗画同源在中国和西方都是一种旧说，而莱辛通过讨论古希腊雕塑拉奥孔，论证诗画异质，是"近代诗画理论文献中第一部重要著作"（页156）。这一著名雕塑表现的是特洛伊祭司拉奥孔和他的两个儿子被两条海蛇缠绕，终于窒息而死的故事。古罗马诗人维吉尔史诗《埃涅阿斯纪》第二部叙述这个故事，描写拉奥孔的恐惧和挣扎十分生动，表现拉奥孔临死之前大声哀号，令人感到惊怖悚惧。可是古希腊雕塑表现的拉奥孔却并非惊惧失色、大声哀号的样子，却"具有希腊艺术所特有的恬静与肃穆"（页157）。这不仅因为造型艺术表现的是美，艺术家不会在雕塑中展示龇牙咧嘴的丑态，而且也和诗画本身的不同性质有关。

莱辛认为绘画和雕塑等造型艺术在空间里展示静态的物体，而诗或文学则在时间的延续中叙述事件和动作。由于诗与画受不同媒介或符号的限制，"本来在空间中相并立的符号只宜于表现全体或部分在空间中相并立的事物，本来在时间上相承续的符号只宜于表现全体或部分在时间上相承续的事物"。朱先生举例说，近代画家溥心畲以贾岛"独行潭底影，数息树边身"诗句为题作画，"画上十几幅，终于只画出一些'潭底影'和'树边身'。而诗中'独行'的'独'和'数息'的'数'的意味终无法传出。这是莱辛的画不宜于叙述动作说的一个很好的例证"（页159）。由于静态的空间艺术只能呈现某一顷刻，所以艺术家必须选择一个"最富于暗示性"的顷刻，使观者得以想见此刻前后的状态。这是莱辛一个重要的观点，即"图画所选择的一顷刻应在将达'顶点'而未达'顶点'之前。……莱辛的普遍结论是：图画及其他造型艺术不宜于表现极强烈的情绪或是故事中最紧张的局面"（页162）。朱先生肯定莱辛打破"画如此，诗亦然"的旧论，起码有三点新的贡献。第一是"明白地指出以往诗画同质说的笼统含混"（页164）；第二，"在欧洲是第一个人看出艺术与媒介（如形色之于图画，语言之于文学）的重要关联。……每种艺术的特质多少要受它的特殊媒介的限定"（页165）；第三则是最先注意到"作品在读者心中所引起的活动和影响"（页165）。

但朱先生对莱辛也有不少批评，首先是指出他"根本没有脱离西方二千余年的'艺术即模仿'这个老观念"（页165）。因为亚里士多德在《诗学》里说，诗是行动的模仿，莱辛就认为诗只宜于叙述动作，却完全忽略诗向抒情和写景两方面的发展，他的模仿观念"似乎是一种很粗浅的写实主义"（页166）。朱先生还批评莱辛以为"作者与读者对于目前形象都只能一味被动地接收，不加以创造和综合。这是他的基本错误"（页167—168）。接下去更以中国诗的实例来验证莱辛的理论，显出其局限。朱先生说：

> 他以为画是模仿自然，画的美来自自然美，而中国人则谓"古画画意不画物"，"论画以形似，见与儿童邻"。莱辛以为画表现时间上的一项刻，势必静止，所以希腊造型艺术的最高理想是恬静安息（calm and repose），而中国画家六法首重"气韵生动"。中国向来的传统都尊重"文人画"而看轻"院体画"。"文人画"的特色就是在精神上与诗相近，所写的并

非实物而是意境，不是被动地接收外来的印象，而是
熔铸印象于情趣。……换句话说，我们所着重的并不
是一幅真山水，真人物，而是一种心境和一幅"气韵
生动"的图案。这番话对于中国画只是粗浅的常识，
而莱辛的学说却不免与这种粗浅的常识相冲突。（页
169—170）

以文学作品的实际来验证文学理论的恰当与否，这
是我们应该学习的一个重要批评方法。莱辛所论虽然是
古希腊雕塑，但其结论却是普遍性的，所以朱先生就用
中国诗的实例来印证其说。朱先生指出，"中国诗，尤
其是西晋以后的诗，向来偏重景物描写，与莱辛的学说
恰相反"（页170）。莱辛反对在诗中并列事物形象，
但中国诗里这样写法的佳作却很不少。在朱先生所举数
例中，马致远所作小令《天净沙》特别能说明这一点：
"枯藤老树昏鸦，小桥流水人家，古道西风瘦马，夕阳
西下，断肠人在天涯。"这里并列的意象带有很强烈的
绘画性，使我们好像看见一幅游子行吟图，整首诗哀伤
的情调就完全通过这些并列的意象传达给了读者。正如

朱先生所说："莱辛能说这些诗句不能在读者心中引起很明晰的图画么？他能否认它们是好诗么？艺术是变化无穷的，不容易纳到几个很简赅固定的公式里去。莱辛的毛病，像许多批评家一样，就在想勉强找几个很简赅固定的公式来范围艺术。"（页171）对于理论的局限，这样的批评确实合理而且中肯。当然，莱辛《拉奥孔》区别诗与画、阐述时间艺术与空间艺术各自的特点，尤其提出艺术家选择最富有暗示性的片刻来表现事物，在美学和文艺理论的发展上，都是相当重要的贡献。我们一方面应该了解莱辛的理论，尊重其理论的贡献，另一方面也应该像朱光潜先生那样，明白理论系统的局限，尤其要以文学艺术的实践，来验证理论的合理性及其有效范围。

三、外国文学与比较文学

我在前面说过，研究比较文学的必要条件是要很好地掌握外语，而且要有外国文学和文化的知识和修养。在外国文学和比较文学研究方面做出过不少贡献的前辈学者杨周翰先生，就曾这样描述这两者之间的关系：

"研究外国文学的目的，我想最主要的恐怕还是为了吸取别人的经验，繁荣我们自己的文艺，帮助读者理解、评价作家和作品，开阔视野，也就是洋为中用。"①杨先生是研究英国文学的专家，他所著《攻玉集》中有一篇饶有趣味的论文，从弥尔顿《失乐园》中提到中国有靠风力推动的加帆车这样一个细节说起，讨论17世纪英国作家有关东方的知识涉猎，在研究西方关于中国的知识和想象方面，可以为我们提供一个值得效法的研究范例。

约翰·弥尔顿（John Milton, 1608—1674）大概是学识最为丰富的英国作家和诗人，在英文之外，他还用拉丁文写诗，并且掌握了包括希腊文和希伯来文在内的多种语言。弥尔顿是具有强烈人文精神的基督徒，是坚信自由价值的共和主义者，在英国清教革命时任拉丁秘书，写过《论出版自由》《为英国人民辩护》等许多政论著作，而《失乐园》《复乐园》《力士参孙》等三部史诗，尤其是《失乐园》，更是使他声名不朽的

---

① 杨周翰《攻玉集》，前言。以下引用此书，只在文中注明页码。

皇皇巨著。《失乐园》取材《圣经·创世记》，描述亚当和夏娃违背上帝禁令，偷食禁果而被逐出伊甸园的故事。弥尔顿以此古老的《圣经》故事为框架，探讨了上帝的预知与人类的自由、选择与后果、自由与责任、罪与罚、理想与现实等各种似乎永远困扰人类的宗教和哲学问题。所以《失乐园》不是像荷马或维吉尔的史诗那样讲述战争和冒险的英雄业绩，也不像但丁《神曲》那样讲述一个人从地狱到炼狱再到天堂的心路历程，而是深刻描绘了人的精神与灵魂的困扰和挣扎。如果说荷马的《伊利亚特》描写了阿喀琉斯的愤怒和特洛伊之战，弥尔顿的《失乐园》除前面描述魔鬼撒旦被上帝击败，打入地狱之外，整部史诗的中心人物不是神，也不是英雄，而是软弱而有缺点的人；作品中心唯一关键的行动不是争斗或计谋，而不过是一个女人从树上摘下了一个果子。然而弥尔顿熟悉古典传统，很清楚自己创作的是"在散文和韵文里迄无前例"的作品（I.16）。他所写的不是亚当和夏娃这两个人，而是由他们所象征的整个人类，所以《失乐园》描述所及是人类的精神和思想，是一部气度宏伟、内涵丰富而深刻的精神的史诗，其中包含了17世纪欧洲各方面的知识与学问。

讨论《失乐园》的论著可以说汗牛充栋，而杨周翰先生选择一个十分独特的角度，从弥尔顿诗中提到中国的地方入手，讨论17世纪英国作家的知识涉猎。在《失乐园》第三部，弥尔顿写撒旦听说上帝创造了人，并创造了人居住的乐园，便去打探虚实。他居然逃过大天使尤利尔（Uriel）的目光，像一只雕那样从喜马拉雅山向印度的恒河方向飞去，但

> 途中，它降落在塞利卡那，那是
> 一片荒原，那里的中国人推着
> 轻便的竹车，靠帆和风力前进。
>
> （Ⅲ.437—439）

杨先生解释说："塞利卡那意即丝绸之国，中国。中国文物制度出现在西方作家作品中，近代以来，在文学史里已是常见的事。弥尔顿诗中和十七世纪其他作家著作中援引中国文物制度也屡见不鲜。"（页82）杨先生根据英国学者李约瑟在《中国科技史》里的考证，说最

早提到中国加帆车的西方著作，是西班牙耶稣会传教士门多萨（Gonzales de Mendoza）1585年出版的《中华大帝国史》。此书出版不过三年，就有了英译本，此后还有好几种西方著作里都说，中国有可以借助风力来推进的加帆车。杨先生说："可见这样一件事物和其他东方和欧洲以外的事物一样，在十六七世纪之交深深抓住了欧洲人的想象，这种兴趣往前可以推到中世纪，往后一直延续到弥尔顿时代以后，直到十九世纪。"（页83）

不仅西方书籍中出现了关于中国加帆车的记载，而且在16、17世纪欧洲绘制的亚洲地图上，也多在中国境内绘上加帆车。杨先生提到"出生在荷兰的德国舆地学家沃尔提留斯（Ortelius）所制的《舆地图》（1570）、麦卡托（Mercator）的《舆地图》（1613）都有图形。英国人斯彼德（J. Speed）的《中华帝国》（1626）一书中也有加帆车的插图"（页83—84）。在文字和图像记载之外，欧洲还有人仿造这种加帆车。可见在17世纪的欧洲，不少人知道中国这种加帆车。杨先生说："事实上，弥尔顿并非在英国文学中把加帆车用在诗里的第一个诗人。"在弥尔顿之前，本·琼生在《新大陆新闻》

（1620）中，已经提到随风转的"中国的手推车"（页84）。杨先生也根据李约瑟的研究，认为中国关于这种风力车的记载"最早是《博物志》和《帝王世纪》，郭璞注《山海经》可能就根据《博物志》"。他认为中国古代的记载"显然是一种传说，但也抓住了中国文人的想象"（页85）。在讨论了中国的加帆车这一形象在西方传播的情形之后，杨先生最后总结说：

> 加帆车这段小小故事说明一个问题。十五、十六世纪随着西欧各国国内资本主义的兴起而出现了海外探险的热潮，带回来许多关于外部世界闻所未闻的消息，引起了人们无限的好奇心，另一方面，人们对封建现实不满，向古代和远方寻求理想，如饥似渴地追求着。仅仅理想国的设计，几乎每个作家都或多或少画了一个蓝图，从《乌托邦》《太阳城》、培根的《新大西国》、锡德尼的《阿刻底亚》、莎士比亚的《暴风雨》到不大被人注意的勃吞的《忧郁症的解剖》中的《致读者》一章。这种追求古今西东知识的渴望是时代的需要，作家们追求知识为的是要解决

他们最关心的问题。加帆车不过是这一持久的浪潮中的一滴水珠而已。（页86）

杨先生从弥尔顿的《失乐园》讲到勃吞的《忧郁症的解剖》，说他依据《马可·波罗游记》和利玛窦关于中国的著述，在他那部奇书里提到中国有三十多处，涉及各方面内容。值得注意的是勃吞在书中"赞扬中国的科举，因为科举表明重才而不重身世；赞扬规划完善的城市，其中包括元代的大都（出自马可·孛罗）；赞扬中国人民的勤劳和国家的繁荣。其借鉴的目的是很明显的"（页88）。由此可见，在17世纪的英国，许多文人学者对东方的中国充满向往之情；当欧洲贵族的世袭血统制度把人限定在僵化的社会等级中时，中国科举制度为读书人改变社会地位提供一定的可能性，尤其博得欧洲文人的好感，并引起人们普遍的赞赏。

在弥尔顿、勃吞之外，杨先生还谈到17世纪其他许多英国作家、诗人、历史家、哲学家等，特别提到宗教散文家泰勒，认为"这些著作家、诗人的共同特点是知识面广，古代文史哲、宗教文学、外邦异域的知识以至近代科学，无所不包。他们的文章和诗歌旁征博引。他们的文风和诗风竟然形成了一个独特的流派——'巴罗克'（Baroque）"（页89）。杨先生提到弥尔顿《失乐园》第十一部一段颇具巴罗克风味而曾引起争议的诗，这段诗叙述亚当和夏娃被逐出乐园时，大天使迈克尔领他们走上一座高山，向他们展示人类即将遭遇的未来和他们将居住的地球，其中提到中国、波斯、俄国、土耳其、非洲、欧洲，数十行诗里堆砌了一连串的地名，引来一些批评家诟病。T. S. 艾略特就曾批评弥尔顿，说他描写得不够具体，形象不够鲜明。但杨先生则认为，"这正是弥尔顿的长处，也是他意趣所在"（页94）。他借用英国小说家E. M. 福斯特在《小说面面观》中提出的"空间感"概念，说《失乐园》在"弥尔顿语言的洪亮的音乐效果外，它还给人以无限的宏伟的空间感。除了空间感以外，它还给人以宏伟的历史感、时间感。这种境界的造成，不是靠一般的真实的细节，而是靠另一种构成空间感的细节"（页95）。他接着又引用英国诗人宾宁（Laurence Binyan）的评论说："在《失乐园》中，呈现在眼前的一切差不多都是从一定距离以外见到的。"杨先生认为这一看法颇接近王国维《人间词话》里一段话的意思。王国维说："诗人对宇宙人生，须入乎其内，又须出乎其外。入乎其内，故能写之；出乎其外，故能观之。入乎其内，故有生气；出乎其外，故有高致。"能入乎其内，又能出乎其外，就拉开一定距离，能够造成一种宏大的空间感。杨先生认为，弥尔顿的诗能有"高致"，达到崇高的境界，这种宏大的空间感就是一个重要原因。他用王国维的概念来评《失乐园》说："弥尔顿的境界高，思想有深度，力图捕捉根本性的问题。也许这就是所谓'出'吧。"（页96）读杨先生这篇文章可以明确感觉到，他对弥尔顿和整个17世纪英国文学非常熟悉。他一方面引用英国文学作品，另一方面又借中外批评家的看法来加以阐述，这就使我们意识到在比较文学研究中，知识基础多么重要。我们只有在非常熟悉中外文学作品和文学批评理论的基础之上，才有可能形成自己的一点看法，做出一点成绩。

杨先生在《十七世纪英国文学》一书里，有一篇专论《弥尔顿的悼亡诗——兼论中国文学史里的悼亡诗》，同样值得我们细心研读。朱光潜先生在《诗论》

里比较中西诗的情趣时就说过："西方爱情诗大半写于婚媾之前,所以称赞容貌诉申爱慕者最多;中国爱情诗大半写于婚媾之后,所以最佳者往往是惜别悼亡。"(页80)悼亡诗在中国有很长的传统,历代都有很多佳作,但西方文学却很少悼亡之作。弥尔顿以十四行诗形式写的这一首,在西方文学中虽非绝无仅有,也的确是不可多得的一例。杨周翰先生将此诗译成中文,韵脚与原文严格一致,即abba, abba, cdcdcd:

> 我仿佛看到了去世不久圣徒般的妻
>
> > 回到了我身边,像阿尔塞斯蒂斯从坟墓
>
> > 被尤比特伟大的儿子用强力从死亡中救出,
>
> 苍白而虚弱,交给了她的丈夫,使他欢喜。
>
> 我的妻,由于古戒律规定的净身礼
>
> > 而得救,洗净了产褥上斑斑的玷污
>
> > 这样的她,我相信我还能再度
>
> 在天堂毫无障碍地充分地瞻视,
>
> 她一身素服,纯洁得和她心灵一样,
>
> > 脸上罩着面纱,但我仿佛看见

爱、温柔、善良在她身上发光，

如此开朗，什么人脸上有这等欢颜。

但是，唉，正当她俯身拥抱我的当儿，

我醒了，她逃逸了，白昼带回了我的黑天。①

这里需要略为解释此诗背景。弥尔顿1642年第一次的婚姻并不顺利，婚后数月，妻子就返回娘家，差不多一年之后才回来。这与两家政见不合有些关系，因为妻子玛丽一家倾向王党，而弥尔顿是反对国王的共和派，玛丽返娘家时查理一世尚在位，一年后英国革命处死了国王，时局大变，玛丽才回到弥尔顿身边。但除了政治因素之外，也还有夫妻两人性格不合的原因。玛丽在1652年去世，四年之后，弥尔顿第二次结婚，但不到两年，妻子卡特琳也去世了。杨先生推论说："弥尔顿的悼亡诗可能即作于1658或1659年，从这首诗看，

---

① 杨周翰《十七世纪英国文学》，页231—232。杨先生译文颇为传神，但最后一行"黑天"两字似嫌生硬，窃以为可改译成"白昼又把我带回黑暗"（and day brought back my night）。以下引用杨先生此书，只在文中注明页码。

他们的结合是幸福的，感情是和谐的，反衬出他第一次婚姻的不幸。"（页231）弥尔顿自幼目力不佳，在1651年前后几乎全盲。如果诗中悼念的是卡特琳，那么弥尔顿与她结婚时就没有看清过她的容貌。在这首诗里，诗人在梦中似乎看见他的亡妻，虽然她"苍白而虚弱"，"脸上罩着面纱"，然而在诗人心目中（to my fancied sight），却在她身上看见了"爱、温柔、善良"（love, sweetness, goodness）。

　　诗里用了古希腊悲剧家欧里庇得斯（Euripides）一部剧作的典故。命运女神准许底萨莱国王阿德梅图斯（Admetus）长寿，但死神来带他到冥界去时，他必须能找一个人代替他去死。后来阿德梅图斯的死期终至，却无人愿代他去冥界，正在他焦急之际，其爱妻阿尔塞斯蒂斯（Alcestis）挺身而出，答应为他而死，因为她不愿意自己的儿女失去父亲，也不愿意自己失去所爱的丈夫。悲剧《阿尔塞斯蒂斯》开始时，底萨莱宫廷笼罩着一片悲情。就在这个时刻，臂力过人的英雄赫拉克勒斯（Heracles）远道而来，阿德梅图斯按历来的风俗尽量款待客人，并吩咐仆人不要让客人知道底萨莱悲哀的消

息。赫拉克勒斯见接待他的众人闷闷不乐，后来终于明
白原委，于是在阿尔塞斯蒂斯的丧礼上，当死神来带走
她时，与死神奋力搏斗，并击败死神，用强力把阿尔塞
斯蒂斯从冥界夺回，交还给她的丈夫。弥尔顿在这首诗
里用欧里庇得斯悲剧典故，把亡妻比作为丈夫献出生命
的阿尔塞斯蒂斯，以显示她纯真的爱。然而这首诗是梦
境与现实的反照，诗人能与亡妻相会不过是一场梦，醒
来面对的却是无情的现实，因为白昼带给诗人的只是盲
人永恒的暗夜，所以全诗的情调凄婉哀怨，十分动人。

　　杨先生分析此诗，指出全诗的关键在第一行的"圣
徒"（Saint）二字上，而"'尤比特的伟大的儿子'
（Jove's great son）很自然地引起'上帝之子'（Son
of God）即耶稣的联想，也就是耶稣使诗人的亡妻得
救"。这样一来，希腊神话故事就被基督教化，而这些
联想更"增强了卡特琳—阿尔塞斯蒂斯形象后面的为爱
而自我牺牲的圣徒涵义"（页234）。杨先生由此讨论了
弥尔顿的爱情观和婚姻观，引用许多资料来论证弥尔顿
作为一个人文主义者和基督徒，他的婚姻观"是灵与肉
的完满结合"（页236），是在基督教和柏拉图哲学影响

下的"精神爱或带有宗教色彩的爱情观"（页238）。这种爱情观在弥尔顿这首悼亡诗里，得到了完美的表现。

　　杨先生比较中国的悼亡诗，着重"从文学表现形式上考察一下弥尔顿此诗与我国悼亡诗之异同"（页239）。和西方不同，中国悼亡诗作品很多，自《诗经》的《绿衣》《葛生》以下，历代有无数作品可以归入怀人、悼亡一类。杨先生讨论了西晋孙楚（？—293）、潘岳（247—300）的悼亡诗，认为孙楚的诗"写得有些搪塞"，并不如前人所说那么好；潘岳的诗则"有两个特点，一是念念不忘仕宦，二是多用闺阁中实物形象以及代表死的坟墓，给以后的悼亡诗定了调子。当然这些实物可以勾引起一定的感情，但比较浅露"。倒是潘岳的《哀诗》和两首《顾内诗》优于其悼亡诗，因为这些诗"并非平铺直叙，而是用比兴手法，十分含蓄。……也就是说，在意象的选择上要能超脱眼前直接的事物，而去捕捉一些能反映由悼亡而引起的更深一层的情感思想的意象。例如《哀诗》的开始四句'摧如叶落树，邈若雨绝天；雨绝有归云，叶落何时连'，就把个人的哀伤同大自然和宇宙联系起来。"（页241）由此可见，杨先生认为诗人能否把个人哀怨和具体情事联系到超越个人的自然和宇宙这样宏大的范畴，能否有深刻的思想内涵，那是评价作品高低的一条原则。例如唐人元稹以写悼亡诗著称，杨先生却并不以传统的评价为然（包括陈寅恪的评价），他提出自己的看法说：

> 我觉得元稹悼亡诗中最有"诗意"的，不是三首《遣悲怀》，而是《梦井》。这首诗和弥尔顿的诗颇有相似之处，都是通过叙述一个梦中故事来抒情。所不同者，元所梦见的不是亡妻，而是一只古瓶，绠断，瓶不可得，用此来象征他心灵上的不能消除的渴念，并在"寻环意无极"之余，把思念之情"哲学化"，"所伤觉梦间，便隔生死境"。这不仅有玄学派的巧思，也有其思辨。如果用这标准来衡量，则像李商隐《悼伤后赴东蜀辟至散关遇雪五绝》，苏轼《江城子·乙卯正月二十日夜记梦》（"十年生死两茫茫……"），贺铸《鹧鸪天》（"重过阊门万事非"），只说些补衣、梳妆，就浅显多了。（页242—243）

　　杨周翰先生把诗中有哲理文思作为评判的标准。弥尔顿的悼亡诗把爱情提升到哲学和宗教的高度，所以有思想的深度，令人感动而且发人深省。他说："悼亡诗总需有一定的感情基础，而促成之者，往往是生活遭遇坎坷，从悼亡中寻求同情与补偿，符合抒情诗的总规律，符合诗可以怨的原则。"（页244）深情而又能引发关于人生和宇宙的思考，那就是成就一个大诗人的知识、思想和情感的基础。杨先生在讨论弥尔顿悼亡诗的背景上，探讨中国悼亡诗传统，在比较中作出对悼亡诗的评价和理解，就为我们理解中西文学提供了比单一文学传统更广阔的视野、更新颖的角度，为我们树立了一个范例。

　　正如杨先生所说，研究外国文学的目的在于"开阔视野""洋为中用"，所以谈论外国作家和作品，很自然会涉及中国文学，也很自然会进入比较文学的研究领域。在这方面做出贡献的另一位前辈学者是王佐良先生，他有一本英文论文集题为《论契合》，其中对文学翻译、近代中西文学关系、现代中国作家和诗人与西方文学的互动关系，以及一些英国作家在中国的接受情形，都有深入的讨论。不过《论契合》是用英文写的，其中介绍中国近代文学翻译和接受西方文学的情形，更多是为英文读者而作，我在此不拟详细讨论。但我希望对比较文学，尤其是对近代中西文学关系感兴趣的读者，能够注意王佐良先生这本颇有价值的书，其中的讨论和许多见解都值得我们借鉴参考。

四、中西会通的典范

无论在中国还是在海外，得到学界公认为对中西文学和文化了解最多、修养最深的学者，应该是钱锺书先生。这并不是我一个人的看法。早在1983年6月10日的法国《世界报》（*Le Monde*）上，生在比利时的汉学家李克曼（Pierre Ryckmans，笔名Simon Leys）就曾做出这样的评价。他撰文说钱锺书对中西文学和文化都有深广的了解，并且认为就这方面来说，"钱锺书在今日之中国；甚至在全世界，都是无人可比的"（Qian Zhongshu n'a pas son pareil aujourd'hui en Chine et même dans le monde）。当然，钱锺书先生的著作不限于比较文学，他的主要著作《管锥编》很难归入哪一学科或门类，但他讨论中国经典，都总是引用中西各类著作来阐述其意义，这就是他在《谈艺录序》里所谓"颇采'二西'之书，以供三隅之反"的研究方法，这种方法在大量例证的比较中达于更好的理解，为我们树立了研究的典范①。

　　我在此首先介绍钱锺书以白话写作的论文《七缀集》，其中包括了1979年出版的旧文四篇和80年代初的三篇新作，1984年由上海古籍出版社印行。第一篇《中国诗与中国画》一开头就说：此文"并不对中国旧诗和旧画试作任何估价，而只阐明中国传统批评对于诗和画的比较估价"②。之所以有讨论此问题的必要，就因为中国传统批评历来有"诗是无形画，画是有形诗"，或诗为"有声画"，画为"无声诗"之类说法。这种说法与西方传统里的旧说相当一致，钱先生举了许多例证说明，"诗、画作为孪生姊妹是西方古代文艺理论的一块奠基石，也就是莱辛所要扫除的一块绊脚石"。然而在中国，我们仍然"常听人有声有势地说：中国旧诗和中

------

① 　钱锺书《谈艺录》，页1。以下引用此书，只在文中注明页码。
② 　钱锺书《七缀集》，页1。以下引用此书，只在文中注明页码。

国旧画有同样的风格，体现同样的艺术境界"（页6）。钱先生此文就是要考察探索，看这种颇为普遍的说法是否符合中国诗画批评传统的实际。

明人董其昌《容台别集》卷四讲画分南宗北派，谓："禅家有南北二宗，唐时始分。画之南北二宗，亦唐时分也，但其人非南北耳。"钱先生指出，"把'南''北'两个地域和两种思想方法或学风联系，早已见于六朝，唐代禅宗区别南、北，恰恰符合或沿承了六朝古说。事实上，《礼记·中庸》说'南方之强'省事宁人，'不报无道'，不同于'北方之强'好勇斗狠，'死而不厌'，也就是把退敛和肆纵分别为'南'和'北'的特征"（页9）。无论评书画或评人物及其思想趋向，这种二分法似乎都很普遍，不仅中国如此，西方亦然。但在中国画的传统里，以王维开始的南宗画成为正宗，但在风格意趣上接近南宗画的神韵派诗，在中国旧诗传统里却并不是主流和正宗。王维虽然也是著名诗人，但在旧诗传统里排起名次来，他的地位绝不如杜甫，也不如李白、陶潜等好几位风格迥异的其他诗人。钱先生说："神韵派在旧诗传统里公认的地位不同于南宗在旧画传统里公认的地位，传统文评否认神韵派是标准的诗风，而传统画评承认南宗是标准的画风。在'正宗''正统'这一点上，中国旧'诗、画'不是'一律'的。"（页14）换言之，在中国文艺批评传统里，诗与画有很不相同的评价标准，而这种评价标准的分歧"是批评史里的事实"（页24）。弄清这一事实，就可以明白"诗原通画""诗画一律"之类的说法其实错误，诗与画各有自己的评价标准和传统。

钱先生这篇文章虽然谈论的是中国诗画的批评传统，但其中引用了许多西方文艺批评的例子来做比较和印证，既饶有趣味，又加强了论证的说服力。接下去《读〈拉奥孔〉》一文讨论西方诗画理论，也同样是旁征博引，广采"二西"之书，以供三隅之反。我在前面简略讨论过朱光潜先生对莱辛《拉奥孔》的评论，朱先生介绍了莱辛的理论，同时也以中国诗画的实践对之做出批评。钱锺书先生讨论《拉奥孔》则更注意在中国传统里，古人的许多片言只语其实已包含了莱辛提出的理论观念，就像"先学无情后学戏"这句老话包含了狄德罗的戏剧理论，即"演员必须自己内心冷静，才能维妙维肖地体现所扮角色的热烈情感"（页30）。钱先生举例极多，我在此只引一两例以示其余。时间艺术的诗可以表现连续动作，这在空间艺术的画中却无法表现，对此中国古人早有认识。《太平广记》卷二一三引《国史补》记载唐代的传说，说有人把一幅《按乐图》给王维看，王维说："此《霓裳》第三叠第一拍也。"那人先不相信，后来"引工按曲，乃信"。这则传说在宋代引起有科学头脑的沈括质疑，《梦溪笔谈》卷一七就批驳了这个无稽之谈："此好奇者为之。凡画奏乐，止能画一声。"钱先生认为，从沈括这简单的一句话里，"我们看出他已悟到空间艺术只限于一刹那内的景象了"（页31）①。另一个令人印象深刻的例子是《世说新语·巧艺》所记画家顾恺之的话，嵇康《兄秀才公穆入军赠诗》之一五有这样两句："目送归鸿，手挥五弦。"顾恺之说："画'手挥五弦'易，'目送归鸿'难。"钱先生认为，顾恺之感到的困难就"确有莱辛所说时间上的承先启后问题"（页33）。这

---

① 在1985年上海古籍出版社刊印的《七缀集》第31页上，此处"空间艺术"被误为"时间艺术"。我手边有钱锺书先生所赠《七缀集》一册，在此钱先生亲手将"时"字划去，订正为"空"字。

就是说，在看来零碎的片言只语中，我们可以见出中国古人已经意识到莱辛在《拉奥孔》中提出的诗与画、时间艺术与空间艺术的区别。

但莱辛的理论说得并不全面，因为还有许多中国古人认为画不出的东西，中国古诗里常出现的意象，"象嗅觉（'香'）、触觉（'湿'、'冷'）、听觉（'声咽''鸣钟作磬'）的事物，以及不同于悲、喜、怒、愁等有显明表情的内心状态（'思乡'），也都是'难画''画不出'的，却不仅是时间和空间问题了"（页33—34）。不仅如此，诗中用颜色词有实有虚，并非一一都能画出。诗里可以把黑暗和光明调和，如李贺《南山田中行》写"鬼灯如漆照松花"，或弥尔顿《失乐园》写地狱里"没有亮光，只是可以照见事物的黑暗"（no light but rather darkness visible），也无法直接画出来。诗里有无数比喻，如将山峰比为驼峰之类，都是"似是而非，似非而是"，用文字艺术可以表现，用造型艺术则无法或很难描画。莱辛对这些都未深入探讨，而钱先生引用中国诗文的例子，就把莱辛的理论概念扩而大之，做了更多的发挥。

不过钱先生在文中最后特别强调的，是莱辛《拉奥孔》一书提出的暗示性"片刻"（augenblick），认为"包孕最丰富的片刻是个很有用的概念"（页42）。不仅绘画和雕塑选择这种将到顶点却未到顶点、尚留有"生发"余地的片刻，而且诗文叙事也同样使用这种手法。在叙述故事当中，"有时偏偏见首不见尾，紧邻顶点，就收场落幕，让读者得之言外。换句话说，'富于包孕的片刻'那个原则，在文字艺术里同样可以应用"（页43）。钱先生举了中西文学中许多例证，特别指出在中国古代文评中，"似乎金圣叹的评点里最着重这种叙事法。《贯华堂第六才子书》卷二《读法》第一六则：'文章最妙，是目注此处，却不便写，却去远远处发来。迤逦写到将至时，便又且住。如是更端数番，皆去远远处发来，迤逦写到将至时，即便住，更不复写目所注处，使人自于文外瞥然亲见。'"（页44）钱先生认为，"他的评点使我们了解'富于包孕的片刻'不仅适用于短篇小说的终结，而且适用于长篇小说的过接。章回小说的公式'欲知后事如何，且听下回分解'，是要保持读者的兴趣，不让他注意力松懈"（页45）。换言之，在即将达于高潮的片刻，作者戛然而止，使读者充满期待，急着想把故事继续读下去。不仅中国小说如此，钱先生举出西方文学里许多例子，通过中西比较最终说明："莱辛讲'富于包孕的片刻'，虽然是为造形艺术说法，但无意中也为文字艺术提供了一个有用的概念。'务头''急处''关子'往往正是莱辛、黑格尔所理解的那个'片刻'。"（页48）这就把莱辛《拉奥孔》一书最精彩处突出来，使我们能够较深地理解绘画、雕塑和文字艺术都常常使用的这个重要概念。

《七缀集》中《通感》和《诗可以怨》两篇，都是提出一个在诗文中经常出现的手法或者观念，从文学批评上来深入阐发。在比较文学中，这是属于所谓主题研究（thematic studies）的范畴。《通感》从宋祁《玉楼春》词名句"红杏枝头春意闹"及几种评论说起，再辅以宋人用"闹"字的其他类似例子，说明"'闹'字是把事物无声的姿态说成好象有声音的波动，仿佛在视觉里获得了听觉的感受"（页55）。在西方语言中，也恰恰有类似现象。钱先生说："西方语言用'大声叫吵的''怦然作响的'（loud, criard, chiassoso, chillón,

knall）指称太鲜明或强烈的颜色，而称暗淡的颜色为
'聋聩'（la temte sourde），不也有助于理解古汉语诗
词里的'闹'字么？用心理学或语言学的术语来说，这
是'通感'（synaesthesia）或'感觉挪移'的例子。"
（页55—56）以东西方丰富的文本中的具体例证来相互
发明，正是钱锺书著作的特点。他从各类著作里举了很
多例子来展示"通感"的普遍及其在语言中的应用，
从日常语言（"热闹""冷静"）到诗文用语（"暖
红""寒碧"），从亚里士多德以触觉比拟声音有"尖
锐"和"钝重"之分，到《礼记·乐记》里用一连串比
喻来形象地描绘歌声"如歌者，上如抗，下如坠，止如
槁木，倨中矩，句中钩，累累乎端如贯珠"，从白居易
《琵琶行》"大珠小珠落玉盘"到许许多多诗文的例
证，包括西方文学从荷马到庞德的例子，再加上从西方
的神秘主义者到中国道家和佛家"把各种感觉打成一
片、混作一团的神秘经验"（页63），这些例证让人觉
得，通感真所谓无所不在，俯拾即是。

　　然而正如钱先生所说，中国诗文里如此常见的描
写手法，"古代批评家和修辞学家似乎都没有理解或

认识"（页54）。在西方，"亚里士多德的《心灵论》里虽提到通感，而他的《修辞学》里却只字不谈"（页62）。这就害得现代诗人庞德看见日文（也就是汉文）里"闻"字从"耳"，就以为这是什么新奇东西而大加赞叹。钱先生略带讥讽地说："他大可不必付出了误解日语（也就是汉语）的代价，到远东来钩新摘异，香如有声、鼻可代耳等等在西洋语言文学里自有现成传统。"（页64）然而这个现成传统并未在批评理论上得到充分讨论，只是在钱先生把通感作为一个重要概念提出来详加阐述之后，我们才豁然开朗，对它有了崭新而深入的认识。

同样，"诗可以怨"作为一个批评观念，在理论传统中也从来没有得到特别的注意。据《论语·阳货》，孔子说诗有兴、观、群、怨四种功能，"怨"是其中最后一种。钱锺书先生引用中西文化传统中大量例证，有力地证明了"诗可以怨"这一观念——即最能打动人的文学作品往往发自哀怨和痛苦，而表现哀怨和痛苦的文学作品也最能得到读者的同情和赞赏——在东西方都是一个普遍原则，"不但是诗文理论里的常谈，而且成为写作实践里的套板"（页102）。钱先生举例极为丰富，我在此只引一个让人印象特别深刻的例子。刘勰《文心雕龙·才略》讲到冯衍，说"敬通雅好辞说，而坎壈盛世；《显志》《自序》亦蚌病成珠矣"。刘昼《刘子·激通》也有类似比喻："楩柟郁蹙以成缛锦之瘤，蚌蛤结痾而衔明月之珠。"这两个人用的比喻都可以追溯到《淮南子·说林训》里一句很有趣的话："明月之珠，蚌之病而我之利也。"这就是说，在人觉得很贵重的珍珠，对螺蚌而言却是病痛的结果。这个推想颇有意思，而把这个意思用在文学上，就成为痛苦产生诗一个绝妙的比喻。然而这个比喻不仅中国有，西方也有。钱先生说：

> 西洋人谈起文学创作，取譬巧合得很。格里巴尔泽（Franz Grillparzer）说诗好比害病不作声的贝壳动物所产生的珠子（die Perle, das Erzeugnis des kranken stillen Muscheltieres）；福楼拜以为珠子是牡蛎生病所结成（la perle est une maladie de l'huître），作者的文笔（le style）却是更深沉的痛苦的流露（l'écoulement

d'une douleur plus profounde）。海涅发问：诗之于人，是否像珠子之于可怜的牡蛎，是使它苦痛的病料（wie die Perle, die Krankheitsstoff, woran das arme Austertier leidet）。豪斯门（A. E. Housman）说诗是一种分泌（a secretion），不管是自然的（natural）分泌，像松杉的树脂（like the turpentine in the fir），还是病态的（morbid）分泌，像牡蛎的珠子（like the pearl in the oyster）。看来这个比喻很通行。大家不约而同地采用它，正因为它非常贴切"诗可以怨""发愤所为作"。可是，《文心雕龙》里那句话似乎历来没有博得应得的欣赏。（页104）

读到这里，我们不能不惊异于中西诗人文思如此契合、取譬如此相似，我们更不能不佩服钱锺书先生不仅博览群书，而且记忆力如此之强，心思如此之细，可以把不同语言里相当于"蚌病成珠"的一个具体比喻放在一处，共同来证明"诗可以怨"这一观念的普遍性。《文心雕龙》里"蚌病成珠"这句话，《论语·阳货》里"诗可以怨"这一断语，经过钱先生这篇文章的阐发，就成为一个重要的批评概念，显出其在文学创作和鉴赏两方面的意义。将来的批评家们再不能忽略这一观念，也不能不注意到如韩愈《荆潭唱和诗序》所谓"欢愉之辞难工，而穷苦之言易好"，欧阳修《梅圣俞诗集序》所谓"非诗之能穷人，殆穷者而后工"这类说法，不仅是作家诗人的夫子自道，而且牵涉到社会和心理等多方面更大范围的问题。钱先生此文和他别的文章一样，涉猎极广，举证极富，"讲西洋，讲近代，也不知不觉中会远及中国，上溯古代"（页113）。有关古今、中西的知识本来就是互相关联的，比较研究就是要超越学科的局限，尽量在这种关联中寻求理解和认识。知识的海洋实在浩瀚无际，能够涵泳其中，出游从容，那是一位大学者的自由境界；能够欣赏这种学识的宏大广博，感受其中的丰富和深刻，学到新知，更得到心智的满足，那也是一个好的读者可以达到的境界。

　　《七缀集》里的七篇文章，大致可以分为三组。前面两篇讨论中西诗画的批评传统，《通感》和《诗可以怨》两篇提出两个重要的批评观念，余下三篇则涉及文学翻译和接受。《林纾的翻译》与《汉译第一首英语

诗〈人生颂〉及有关二三事》不仅讨论具体的翻译，更
使我们亲切生动地了解晚清输入西方文学时整个的时代
环境、社会氛围和文人心态。林纾是个旧式文人，虽然
不懂外文，却与人合作翻译了一百七十余部西洋小说，
但他以自己的古文自傲而看轻自己的翻译。康有为称赞
他的翻译，有诗说"译才并世数严、林"，结果这"一
句话得罪两个人。严复一向瞧不起林纾，看见那首诗，
就说康有为胡闹，天下哪有一个外国字都不认识的'译
才'，自己真羞与为伍"。林纾也不满意，因为康有为
不提他的古文，倒去称赞他的翻译，"舍本逐末"，而
且给他写诗，不写"译才并世数林、严"，却非要把严
复放在前面，"喧宾夺主"。钱先生以幽默的笔调，讲了
不少"文人好名，争风吃醋"的笑话，并说"只要它不
发展为无情、无义、无耻的倾轧和陷害，终还算得'人
间喜剧'里一个情景轻松的场面"（页88）。钱先生的
笔调轻松，充满了幽默、机锋和睿智。他在《管锥编》
里说："修词机趣，是处皆有：说者见经、子古籍，
便端肃庄敬，鞠躬屏息，浑不省其亦有文字游戏三昧

耳。"①他自己的文章就深得文字游戏三昧，讨论严肃的学问而能出之以轻松诙谐的笔调，所以读来总是引人入胜。

钱先生论林纾的翻译，把他译文中的错讹、误解和随意增删讲得淋漓尽致，但也把他的创意和贡献说得十分透彻，做了充分肯定。钱先生认为翻译除了难免"讹"之外，也还有"媒"和"诱"的作用，并说在文化交流里，翻译"是个居间者或联络员，介绍大家去认识外国作品，引诱大家去爱好外国作品，仿佛做媒似的，使国与国之间缔结了'文学因缘'，缔结了国与国之间唯一的较少反目、吵嘴、分手挥拳等危险的'因缘'"（页68）。清末民初的旧式文人大都瞧不起翻译，甚至怀疑外国有文学。钱先生以亲身经历做了生动的说明。在1931年前后，他与著名的诗人和前辈陈衍在苏州长谈，陈先生知道他在国外留学，懂外文，但以为他学的"准是理工或法政、经济之类有实用的科目"。接下去的谈话就很有趣：

---

① 《管锥编》第二册，页461。以下引用此书，只在文中注明页码。

那一天，他查问明白了，就慨叹说："文学又何必向外国去学呢！咱们中国文学不就很好么？"我不敢和他理论，只抬出他的朋友来挡一下，就说读了林纾的翻译小说，因此对外国文学发生兴趣。陈先生说："这事做颠倒了！琴南如果知道，未必高兴。你读了他的翻译，应该进而学他的古文，怎么反而向往外国了？琴南岂不是'为渊驱鱼'么？"（页87）

在此钱先生有一个很长的注，说"很多老辈文人有这种看法，樊增祥的诗句足以代表：'经史外添无限学，欧罗所读是何诗？'（《樊山续集》卷24《九叠前韵书感》）他们不得不承认中国在科学上不如西洋，就把文学作为民族优越感的根据"。不仅中国文人如此，"其他东方古国的人抱过类似的态度，袭古尔（Edmond de Goncourt）就记载波斯人说：欧洲人会制钟表，会造各种机器，能干得很，然而还是波斯人高明，试问欧洲也有文人、诗人么（si nous avons des littérateurs, des poètes）？"尽管林纾本人也看不起自己的翻译，但他毕竟知道外国有值得翻译的小说。所以钱先生说："在这一点上，林纾的识见超越了比他才高学博的同辈。"（注60，页98）在讨论汉译《人生颂》那篇文章里，钱先生提到以同文馆高才生毕业、又多次出洋的张德彝，此人虽然"精通英语"，却对西方文学蒙昧无知，不懂《格利佛游记》为讽世寓言，反以为实录。钱先生说，正当张德彝出使英伦，对这部英国文学名著写下十分幼稚的看法时，"一句洋文不懂、一辈子没出过洋的林纾和大学没毕业的魏易在中国正翻译《格利佛游记》呢"。把张德彝与林纾对此书的意见相比，"两人中谁比较了解西洋文学，我认为不难判断"（页135）。

当两种文化开初接触时，翻译，哪怕是难免错讹的翻译，都是促进了解的必要步骤，是跨越语言和文化鸿沟的桥梁。在清末同治、光绪年间，曾做过翻译官而升任英国驻华公使的威妥玛（Thomas F. Wade），将美国诗人郎费罗（Henry Wadsworth Longfellow）的《人生颂》（*A Psalm of Life*）译为汉语，后来经任总理各国事务衙门大臣的董恂润色改笔，写成一首七言绝句连成的诗，并且写在一把扇子上，托美国驻华公使蒲安臣（Anson Burlingame）送给郎费罗本人。威妥玛的中文表达能力有限，译文不少地方词不达意，甚至不通费解，董恂又完全不懂外文，只能依据半通不通的译本，捉摸揣测，勉强成文，其中自然有误会曲解、牛头不对马嘴之处。钱先生在文中详细分析了这首诗的译文，而语言的隔阂恰好暴露出中西之间尚缺乏了解，更由此揭示了当时中国对外国情形的蒙昧无知。

中国古人和古代希腊人一样，都以为不会讲自己语言的人就是蛮夷，而蛮夷说的是鸟语。这种传统看法在晚清依然如此，翁同龢日记里有一段话，读来就令人发笑："诣总理衙门，群公皆集。未初，各国来拜年。余避西壁。遥望中席，约有廿余人，曾侯与作夷语，唧啾不已。"曾侯指曾纪泽，在当时是少有会外语的官员，"唧啾"在中国旧诗文里，是形容鸟叫的象声词。正如钱先生所说，"英语也罢，法语也罢，到了对洋鬼子远而避之的翁同龢的耳朵里，只是咭咭呱呱、没完没了的鸟叫"（页122）。知道西方文学经典的人很容易想到，古希腊喜剧家阿里斯托芬在《鸟》里，也把野蛮人说话比为唧啾的鸟叫。当时不仅保守派，就是清朝办洋务、出使西洋的官员，也大多不懂外语，更不知道外国有文学。

钱先生引李凤苞《使德日记》一节，颇有代表性。这一节记参加"美国公使美耶台勒"葬礼，听牧师"诵读"有云："美公使台勒君去年创诗伯果次之会。……以诗名，笺注果次诗集尤脍炙人口。"接下去略述"果次"生平，说他"为德国学士巨擘，生于乾隆十四年。……著《完舍》书。……乾隆五十七年与于湘滨之战。旋相外末公，功业颇著。俄王赠以爱力山得宝星，法王赠以十大字宝星。卒于道光十二年。"我们只要弄清楚这位驻美公使美耶·台勒（Bayard Taylor）就是《浮士德》著名的英译者，外末（Weimar）现在通译魏玛，就不难明白果次就是歌德（Goethe），《完舍》（Werther）就是《少年维特》。李凤苞学过一点英语，把这两个德文词都按英语发音来译。钱先生说："历来中国著作提起歌德，这是第一次；当时中国驻西洋外交官著作详述所在国的大诗人，这是惟一一次，象郭嵩焘、曾纪泽、薛福成的书里都只字没讲起莎士比亚。"（页133）然而这并非李凤苞对西洋文学有什么领悟，而纯粹是事出偶然。钱先生以诙谐而带讥刺的口吻评论道：

事实上，歌德还是沾了美耶·台勒的光，台勒的去世才给他机会在李凤苞的日记里出现。假如翻译《浮士德》的台勒不也是德国公使而又不在那一年死掉，李凤苞在德国再耽下去也未必会讲到歌德。假如歌德光是诗人而不也是个官，只写了"《完舍》书"和"诗赋"，而不曾高居"相"位，荣获"宝星"，李凤苞引了"诔"词之外，也未必会特意再开列他的履历。"纱帽底下好题诗"原是中国的一句老话（《镜花缘》十八回），笔下的诗占着头上那顶纱帽的便宜。现任的中国官通过新死的美国官得知上代的德国官，官和官之间是有歌德自己所谓"选择亲和势"（Wahlverwandtschaften）的。（页134）

在这样的时代氛围中，竟有郎费罗《人生颂》之汉译，也是很难得的事。这首诗写在一把折扇上，送给郎费罗本人，这在诗人的日记里有记载，但只说是"中华一达官（mandarin）所赠"，未道及译者。后来有一部《郎费罗传》说，这位中华达官是"Jimg Tagen"，好像是"容大人"。钱先生依据方濬师《蕉轩随录》卷十二

"长友诗"条的记载，详细考证，认定"Jung Tagen"实为"Timg Tajen"即"董大人"之误。这位赠诗扇的官员应该是户部尚书、负责总理事务衙门的董恂。董恂依据威妥玛初稿润饰改写成的"长友诗"，是否就是郎费罗日记所载那把"官老爷扇子"上题写的诗呢？钱先生说："有机会访问美国而又有兴趣去察看郎费罗的遗物的人很容易找到答案。"（页119）1983年10月下旬，我到美国哈佛大学攻读博士，而郎费罗故居（Longfellow House）就坐落在离哈佛校园不远的布拉托街（Brattle Street）105号。我到哈佛后，很快就去造访郎费罗故居，但那次的寻访却没有发现那把诗扇的踪迹。那时离郎费罗逝世已一百年，我以为时过境迁，那扇子早已不知去向①。在十多年后的1996年，到哈佛大学访问的贺卫方先生也去郎费罗故居寻访诗扇，竟幸运地见到了那把中国扇子，上面果然有署名"扬州董恂"所书《人生颂》译文，时间为"同治乙丑仲春之月"，即1865年春。这证明钱锺书先生对题写诗扇者为董恂的考订完全

_____

① 参见拙文《郎费罗的中国扇子》，《万象》四卷二期，2002年2月，页120—126。

正确。据贺卫方说，那把诗扇是1993年，郎费罗故居的管理人员"在清理地下室时，在一个柜子中偶然发现"的[①]。难怪前此十年，我到郎费罗故居，就未能得见这把诗扇。可喜的是，贺卫方先生报道了寻访诗扇的经过，今后"有机会访问美国而又有兴趣去察看郎费罗的遗物的人"不必再费力，很容易就能看到在中西文学交往上这颇有点来头、也颇有些传奇意味的见证了。

钱先生对郎费罗评价不高，虽然这位美国诗人在他那个时代有许多读者，也赢得英国人的赞赏[②]。他认为威妥玛起稿、董恂润色的《人生颂》"是破天荒最早译成汉语的英语诗歌"（页117—118），而英语又是中国人最早认真学习的西方语言，所以"《人生颂》既然是译成汉语的第一首英语诗歌，也就很可能是任何近代西

---

① 贺卫方《〈人生颂〉诗扇亲见记》，《法边馀墨》（北京：法律出版社，1998年），页215。

② 伦敦西敏斯特寺（Westminster Abbey）著名的"诗人之角"（the Poets' Corner），是纪念英国历代大作家和名诗人的圣地，而郎费罗是唯一有纪念碑放在那里的外国诗人。在19世纪（是否也包括现在？），英国人一般是鄙视美国的，以为美国没有文化，而郎费罗独能在"诗人之角"获得一席之地，便足见他当时在欧洲文名之盛。

洋语诗歌译成汉语的第一首"（页118）。钱先生对此似乎感觉到有些遗憾。他说："西洋的大诗人很多，第一个介绍到中国来的偏偏是郎费罗。郎费罗的好诗或较好的诗也不少，第一首译为中文的偏偏是《人生颂》。那可算是文学交流史对文学教授和评论家们的小小嘲讽或挑衅了！"（页136）这一感慨的前提，当然是以为郎费罗《人生颂》是第一首译成中文的诗。不过近几年来，不少人在研究明清传教士与中国文化的互动时，对这一判断提出了修正。

在2005年4月25日《文汇报》笔会版上，周振鹤先生发表了《比钱说第一首还早的汉译英诗》，指出在董恂赠送那把诗扇之前十年，在1854年第9号的《遐迩贯珍》上，已经刊出了英国大诗人弥尔顿一首"自咏目盲"十四行诗之中译。这首译诗为四言体，译者能选择英国文学中一首重要诗作，而且对原文意义把握得相当准确，译笔也十分流畅，时间又那么早，实在可以弥补钱先生所感的遗憾。可惜在《遐迩贯珍》上，并未刊出译者姓名。据周振鹤说，日本学者石田八洲雄认为译者是著名的英国传教士理雅各（James Legge），但沈国威则认为"更可能是艾约瑟（Joseph Edkins）与上海三剑客之一的蒋敦复等人合作的产物"。周振鹤补充说，虽然弥尔顿此诗比《人生颂》更早译成汉语，"但究竟它是不是第一首汉译的英诗，则无须遽下断语"。但在2005年第2期的《国外文学》上，沈弘、郭晖合作发表了《最早汉译英诗应是弥尔顿的〈论失明〉》，认为根据他们的分析，《遐迩贯珍》的编者之一、英国传教士麦都思（Walter Henry Medhurst）"很可能就是迄今所知第一首汉译英诗的译者"①。更近一些，在2007年3月号的《中国文哲研究集刊》上，又有台湾学者李奭学发表了《中译第一首"英"诗——艾儒略〈圣梦歌〉初探》，提出明末来华的意大利耶稣会传教士艾儒略（Giulio Aleni）在1637年将一首灵肉争辩的"西土诗歌"以"中邦之韵"译出，把汉译西方诗歌的时间又提早了两百年。

　　李奭学虽然在文章标题上用"中译第一首'英'诗"，但在文中他却说明："在知识系谱学业经高度反

---

① 沈弘、郭晖《最早汉译英诗应是弥尔顿的〈论失明〉》，《国外文学》2005年第2期，页52。

省的今天，所谓'第一'早已变成修辞权宜。"①这一点的确很重要，因为事实上，正如周振鹤所说，"说无之难有点难于上青天的味道"，我们发现了一首早期的译文，很难断定在那之前，就一定没有更早的翻译。此外还有更重要的一点，即在时间先后上绝对的第一，本身并没有最大的意义，译文是否广为流传，在读者中是否产生了影响，那才更为重要。艾儒略所译《圣梦歌》本为在中土传教而作，明清之际，大概曾在少量教徒中流传。《遐迩贯珍》上虽然刊出了弥尔顿那首十四行诗相当出色的翻译，但那是传教士在香港办的一份中文刊物，影响范围毕竟有限，所以在中国不为文人士大夫所知，更没有引起他们的评点，没有像郎费罗《人生颂》那样，有"相当于外交部当家副部长"的户部尚书董恂亲笔润色改写，并题写诗扇，隆重地请外交官远渡重洋，带到异邦，送给诗人本人去保存。

钱锺书先生讨论《人生颂》那篇文章本来用英语写就，发表在 *Philobiblon*（《书林季刊》）1948年第2

---

① 李奭学《中译第一首"英"诗——艾儒略〈圣梦歌〉初探》，《中国文哲研究集刊》第30期（2007年3月），页88。

期①。在80年代初，我曾建议将此文译成中文，并且自告奋勇，愿意翻译此文，以利当时在国内刚刚起步的比较文学研究，同时把钱先生的文章放在北大新办的《国外文学》上，以壮声势。但后来钱先生决定自己用中文重写这篇文章，因为他有许多新材料，而中文的篇幅的确大大超过了英文原文，为我们生动地描绘出了晚清对西方文化缺乏了解、但已逐渐开始改变的情形。钱先生自谓此文目的，是"对那个消逝了的时代风气可以增进些理解"（页120）。所以，即使钱先生关于郎费罗《人生颂》是第一首汉译英语诗的判断现在已被推翻——他感到的遗憾也从而得以弥补——他那篇文章的价值却并未因此而有丝毫损减。

除《七缀集》用白话撰写的论文之外，钱先生主要的学术著作《谈艺录》和《管锥编》都是用文言写成。这两部著作包含的内容极广泛而丰富，在此我只能

---

① *Philobiblon*原刊在一般图书馆不易找到，所幸此文近年已重印，读者很容易查询。参见"An Early Chinese Version of Longfellow's 'Pslam of Life'"，《钱锺书英文文集》（*A Collection of Qian Zhongshu's English Essays*）（北京:外语教学与研究出版社，2005年），页374—387。

做最简单的介绍。读者应当去研读原书，才可能从中吸取知识，获得灵感和启发。这两部书的写法，看来都是零碎的片段而非系统论述，但这恰好在写作形式上体现了钱先生一个重要的观点。他一向强调不要迷信理论系统，也不要轻视片言只语。《读〈拉奥孔〉》一文开篇就对空洞无物的文艺理论系统提出批评，同时指出"倒是诗、词、随笔里，小说、戏曲里，乃至谣谚和训诂里，往往无意中三言两语，说出了精辟的见解，益人神智"（页29）。接下去钱先生又说："往往整个理论系统剩下来的有价值东西只是一些片段思想。脱离了系统而遗留的片段思想和萌发而未构成系统的片段思想，两者同样是零碎的。眼里只有长篇大论，瞧不起片言只语，甚至陶醉于数量，重视废话一吨，轻视微言一克，那是浅薄庸俗的看法——假使不是懒惰粗浮的借口。"（页29—30）①其实那些看似零碎的片段，互相之间并非没有联系，而钱先生论述之精彩，都在于具体材料的处理之中，在于通过文本字句的阐发揭示出更深一层的意

①　参见拙文《思想的片断性和系统性》，见张隆溪《走出文化的封闭圈》，页208—219。

义。我在前面已经说过，《谈艺录序》"颇采'二西'之书，以供三隅之反"，可以说是钱先生著述的方法。同序中所说"东海西海，心理攸同；南学北学，道术未裂"，也是从人类心理、思想与学术的基本方面，肯定了中西研究的合理性和必要性。《谈艺录》书中讨论诗分唐宋、李贺、韩愈、宋诗直到清人和近人之诗，有许多精辟之论，而最突出的特点，就是在东西比较中深入阐发中国传统。

《管锥编》开篇"论易之三名"，讨论的是"易一名而含三义，所谓易也，变易也，不易也"。并由此引出黑格尔以为只有德文能一名而含相反二义，同时贬低中文的错误看法。钱先生说："黑格尔尝鄙薄吾国语文，以为不宜思辩；又自夸德语能冥契道妙，举'奥伏赫变'（Aufheben）为例，以相反两意融会于一字（ein und dasselbe Wort für zwei entgegengesetzte Bestimmungen），拉丁文中亦无意蕴深富尔许者。"黑格尔鄙薄中文，不仅是欧洲中心主义的偏见，而且是把东西方文化对立起来一种常见的谬误。钱先生通过大量例证，指出中文"易""诗""论""王"等字与黑格尔所举"奥伏赫变"一样，都是"胲众理而约为一字，并行或歧出之分训得以同时合训焉，使不倍者交协、相反者互成"。这就有力地批驳了黑格尔，指出其错误。钱先生说："其不知汉语，不必责也；无知而掉以轻心，发为高论，又老师巨子之常态惯技，无足怪也；然而遂使东西海之名理同者如南北海之马牛风，则不得不为承学之士惜之。"（页1—2）这一节肯定"东西海之名理同者"，就为整部《管锥编》打通中西、在开阔视野和东西方比较中来理解中国古代典籍之研究方法，奠定了学理的基础。从这一个具体例子我们可以看出，《管锥编》（也包括《谈艺录》）的条目安排自有严密的内在逻辑和系统，每一条讨论的内容都十分细致，论证推演都十分合理，而且以极为丰富的文本字句来加以阐述，不仅引用中国历代各种典籍，而且引用好几种西方语言的书籍来互相发明。所有这些，都是我们在中西比较研究中，应该尽量努力去仿效的典范。

五、结束语

读钱先生的论著，令人印象深刻的一点是旁征博引，除引用中国古代典籍之外，还大量引用英、法、德、意、西、拉丁等多种外文书籍，注释也极为丰富。这些来自不同文本的引文本来互不相干，但一经钱先生把它们放在一处，组织成他论说文字的一部分，便立即显出互相之间的关联，共同来说明某一观念或问题。按《说文解字》，汉语的"文"字本意是"错画"，即两条线交错在一起形成的图案；《易·系辞》："物相杂，故曰文"，也说事物交相错杂在一起就是"文"。看来"文"这个概念与编织、经纬、组织的概念密切相关。西文相当于"文"的"text"，在词源上来自拉丁文 *textus*，其动词原形为texere正是编织、纺织的意思。可见无论中国还是西方的理解，作文都是把各条线索编织成一幅条理清楚、色彩绚烂的图画。钱先生《管锥编》评《易·系辞》此条，先引了刘熙载《艺概》卷一里的阐述，然后说：

史伯对郑桓公曰："声一无听，物一无文"，见《国语·郑语》。曰"杂"曰"不一"，即所谓"品色繁殊，目悦心悦"（Varietas delectat）。刘氏标一与不一相辅成文，其理殊精：一则杂而不乱，杂则一而能多。古希腊人谈艺，举"一贯寓于万殊"（Unity in variety）为第一义谛（the fundamental theory），后之论者至定为金科玉律（das Gesetz der Einheit in der Mannigfaltigkeit），正刘氏之言"一在其中，用夫不一"也。枯立治论诗家才力愈高，则"多多而益一"（il più nell'uno），亦资印证。（页52）

这里不仅引《国语·郑语》"声一无听，物一无文"来帮助我们理解《易·系辞》"物相杂，故曰文"，而且接下去又引用西方的著作来互相阐发。这里先引用的是拉丁文，然后是英文，然后德文，最后是意大利文。正像钱先生在《谈艺录序》里所说，这样引用多国文字来阐发中国古代的诗文和典籍，"非作调人，稍通骑驿"（页1）。这就是说，把东西方这些不同文字的例证放在一起，并不是强为牵合，而是把各方面打通，就像驿站传递信息一样，达到交往的目的。这不正是非常贴切地描述了中西比较研究的目的吗？

在这里，我想约略谈一谈学术著作中文献的引用。学术的进步依靠积累，不仅是个人的积累，而且是一代又一代学者思考、论述的积累。西方有一句谚语说：站在巨人的肩头上，才能看得更远。大科学家牛顿就说过这样的话（"If I have seen further it is by standing on the shoulders of giants"），表示知识和学术都是在前人成就的基础上，才可能取得进步①。我们讨论任何学术问题，首先要做的就是了解研究现状，了解关于这个问题已有的主要观点，然后在前人著作的基础上，提出自己的看法。因此，引文在学术论著中十分重要，它不仅表示作者了解有关学术问题现存的重要观点和研究成果，而且给作者自己的论述提供有权威性的支持，或者提供对话或争辩、批评的对象。钱先生的著作在这方面特别

---

① 见牛顿 1676 年 2 月 5 日致罗伯特·胡克（Robert Hooke）的信。这句谚语在欧洲可以追溯到 12 世纪政治学家萨里斯伯利的约翰（John of Salisbury），而他说是来自中世纪法国哲学家夏特尔的伯尔纳（Bernard of Chartres）。17 世纪以来，许多作家和思想家都在自己的著作中使用过这句谚语。

突出，总是旁征博引，例证丰富，使人不能不佩服他的渊博，也不能不为其论述所折服。所以学术文章必须有引文，有注释，有参考文献，在国际上已成为学者们普遍接受的学术规范。有时候我们读到一些讨论学术问题的文章，通篇没有什么引文来印证自己的观点，或者即使有，引用的也不是最具代表性和最有影响的著作，在有鉴别力的人看来，这样的论文就显得薄弱，缺乏论证力量。学会恰当引用别人的著作，做好注释，这是做学问的基本功，也是建立学术规范必须要做的事。

能够找出恰到好处的引文，看出互不相关的文本之间的联系，以此来论证一个问题，说明一个观念，那是一种艺术，是思考问题时思路发展的途径。在比较文学研究中，怎样把不同文本联系起来而不牵强附会，能显出一种逻辑和内在的联系而不随意并列拼凑，那是比较研究是否有合理性、是否有说服力的根本。我在前面提到过，钱先生论"通感"和"诗可以怨"，都属于主题研究。前面一章讲到凯慕德提出的"终结意识"和布鲁克斯提出的"情节"，也都是主题研究，即以某一个文学批评的概念为中心，围绕那个中心引用很多文本的例证来阐发其意义。再回到刚才说作文就像把几条线索编织起来，形成一个脉络清楚而色彩绚烂的图画，这当中引文和自己的阐发就应该像互相交错的线条，形成一篇精彩的论"文"。究竟采用哪几条线，如何把不同的线按一定的经纬或章法编织起来，如何显出当中暗含的联系、契合或对比，这往往就是比较研究面临的挑战。我们读钱先生的著作，往往惊异于他读书之广，记忆力之强，文思之敏捷。那种扎实的学问就建立在具体文本和深入阐发的基础上，有各种不同的线索交相错杂，织成细密厚重、色彩绚丽、内容丰富而又文笔生动的文章。所以在如何应付学术问题的挑战这方面，钱先生给我们的范例也许是最难摹仿的，但他给我们的启示也许又是最简单、最实在的，那就是尽量多读书，多思考，此外别无他途，更没有捷径。只有在多读多思考的基础上，我们在讨论一个具体问题时才可能左右逢源，从自己记忆积累起来的知识中，寻找可资使用的材料，并且把它们组织起来，成功地回应问题的挑战。我们当中大多数人也许达不到钱先生学问的高度，但依照他的典范去努力，就至少可以希望在东西方比较研究中，做出一点小小的贡献。

5

▲

参考书目

以下是为比较文学研究者提供的一个基本书目，其中包括在本书各章提到与比较文学相关的各种著作。本书提到的有些著作并不直接涉及比较文学，或主要内容与比较文学无关，就没有包括在此书目内。另一方面，此书目也包括一些本书正文没有提到、但研究中西比较文学的人应该知道的重要书籍。此外，国内有关比较文学的书籍已经出版不少，在一般图书馆都很容易找到，我在此书目里，就只选择了少数几部作为代表，而未一一罗列。

比较文学注重由原文去把握研究的文本，所以理想的书目应该包括各种文字的出版物，但考虑到目前我们的实际状况，这个书目只列出中英两种文字的著作。

我一向认为开书目总会挂一漏万，现在这个书目也不例外。这个书目的目的不是把所有重要著作包揽无余，而只是为研究生和一般读者提供最基本的信息。当研究者深入探讨任何一个问题时，阅读和参考的范围自然会扩大，逐步建立起一个与研究专题相关的书目。

此书目先列中文书，后列英文书，前后排列皆以字母顺序为序。每本书都附有简略提要，以供读者参考。

一、中文书目

陈惇、刘象愚《比较文学概论》，北京：北京师范大学出版社，2002年。

这是一部比较文学教材，对比较文学各方面内容做了较为全面的论述，对研究生和比较文学的爱好者有一定参考价值。

黄维樑、曹顺庆编《中国比较文学学科理论的垦拓——台港学者论文选》，北京：北京大学出版社，1998年。

中西比较文学在台湾和香港曾有一段蓬勃发展的时期，此书收集台港学者比较文学研究论文多篇，具有一定代表性，可资参考。

李奭学《中国晚明与欧洲文学：明末耶稣会古典型证道故事考诠》，台北："中研院"，联经图书公司，2005年。

明末耶稣会传教士入华，开启了近代西学东渐之风。但有关研究多以西学即科技之引入为主，而此书另辟新径，从人文角度出发，考察传教士在文学及思想方面的贡献，别具意义。

孟华编《比较文学形象学》，北京：北京大学出版社，2001年。

此书讨论不同民族文学作品中对异国和异族人或曰"他者"的想象和描述。在比较文学研究中，这是值得注意的一个方面。

钱锺书《管锥编》，北京：中华书局，1979年；第

二版，1986年。

在中西文化和文学的比较研究中，这无疑是最重要的著作。目前出版的《管锥编》只是作者计划中的一部分，其余皆未及整理。《管锥编》分条评点中国古代典籍，但写法都是从中国典籍的具体字句出发，广引中国历代和西方古今各种书籍为佐证，打通中西，在广阔的视野和中西比较的论述方法中，阐发涉及人文学科各方面的内容和意蕴。美国学者艾朗诺（Ronald Egan）选译了部分条目，有英译本出版，见 Qian Zhongshu, *Limited Views*: *Essays on Ideas and Letters*, selected and trans. Ronald Egan (Cambridge, Mass. : Harvard University Asia Center, 1998) . 详见本书第四章的讨论。

钱锺书《七缀集》，上海：上海古籍出版社，1985年。

这是钱锺书先生用白话写成的七篇论文的合集，内容可分为三组：《中国诗与中国画》《读〈拉奥孔〉》讨论诗与画的批评标准，《通感》《诗可以怨》讨论两个重要的批评观念，《林纾的翻译》《汉译第一首英语诗

〈人生颂〉及有关二三事》和《一节历史掌故、一个宗教寓言、一篇小说》则涉及文学的翻译与接受问题。详见本书第四章的讨论。

钱锺书《谈艺录》（补订本），北京：中华书局，1986年。

此书专论传统文学，范围所及由唐宋而至近代，有许多精辟见解，而论述方式则是引用中西各种典籍，相互印证。此书序言对比较文学的研究者在方法上很有启示。详见本书第四章的讨论。

汪洪章《〈文心雕龙〉与二十世纪西方文论》，上海：复旦大学出版社，2005年。

此书将《文心雕龙》里的批评术语和西方文学的批评观念相比照，从比较诗学的角度探讨其异同。

谢天振《比较文学与翻译研究》，台北：业强出版社，1994年。

此书十八篇论文，可分三组。第一组讨论国内比较文学在20世纪90年代初的研究状况，第二组评述海外比较文学理论，第三组涉及作者注重的翻译研究。

杨周翰《攻玉集》，北京：北京大学出版社，1983年。

"他山之石，可以攻玉"，杨周翰先生以此为书名，意在说明研究外国文学可以有助于我们理解中国文学和文化。此书由讨论弥尔顿《失乐园》中提到中国有风帆车，旁及其他17世纪英国作家和诗人的知识与思想。详见本书第四章的讨论。

杨周翰《十七世纪英国文学》（第二版），北京：北京大学出版社，1996年。

此为杨先生讨论17世纪英国文学之论文集，其中有论弥尔顿悼亡诗与中国悼亡诗传统的一章。详见本书第四章的讨论。

张隆溪编《比较文学译文集》，北京：北京大学出版社，1982年。

这是"文化大革命"后第一本有关比较文学的书。当时急需比较文学的基本知识，所以此书以介绍为主，翻译了西方一些具代表性的论文，是北京大学比较文学研究丛书之第一种。

张隆溪、温儒敏合编《比较文学论文集》，北京：北京大学出版社，1984年。

这是北京大学比较文学研究丛书之第二种。此书收集了20世纪80年代以前中国学者在中西比较文学方面的研究成果。

张隆溪《二十世纪西方文论述评》，北京：三联书店，1986年。

在80年代初，这是最早介绍20世纪西方文论的一系列文章，每篇在介绍西方理论的同时，也用中国文学中的例子来印证或检验西方理论。这些文章1983年4月至1984年3月在《读书》上连载，后来合为一集，作为《读书文丛》之一种出版。

张隆溪《道与逻各斯》，冯川译，成都：四川人民出版社，1998年；南京：江苏教育出版社，2004年。

此书从中文"道"字与希腊文"逻各斯"（logos）都兼有"言说"与"言说之理"二义出发，讨论语言表达的局限和语言丰富的暗示性在哲学、宗教和文学中的意义，并由此详论文学的阐释学。本书第二章对此略有讨论。

张隆溪《走出文化的封闭圈》（增订二版），北京：三联书店，2004年。

此书前面部分讨论传统的意义、后现代主义问题，后半部分是回忆作者与朱光潜和钱锺书两位学界前辈的交往，而全书主旨是以独立思考的精神，打破中西文化的隔阂和自我中心的封闭。此书初版于2000年，由香港商务印书馆出版；北京三联书店于2004年出了简体字的增订版，增加了新的两章。

张隆溪《东西文化研究十论》，上海：复旦大学出版社，2005年。

这是作者十篇论文的合集，其中部分文章先用英文发表，收进此书时由作者用中文重写，内容都涉及中西比较。这是复旦大学出版社"名家专题精讲"丛书之一种。

张隆溪《同工异曲：跨文化阅读的启示》，南京：江苏教育出版社，2006年。

此书是 *Unespected Affinities* 的中文版，是作者2005年在加拿大多伦多大学所做亚历山大讲座的演讲，由作者本人翻译。英文原版2007年由多伦多大学出版社印行。

钟玲《史耐德与中国》，北京：首都师范大学出版社，2006年。

美国当代诗人史耐德（Gary Snyder）对中国文化非常景仰，在作品中吸收许多中国文化成分。此书是以此为主要内容的专著。

朱光潜《诗论》，北京：三联书店，1984年。

这是朱光潜先生自己颇重视的一部书，其中有朱先生在中西诗论的基础上，讨论中国诗歌传统的论述。详见本书第四章的讨论。

二、英文书目

Auerbach, Erich. *Mimesis*：*The Representation of Reality in Western Literature*. Trans. Willard R. Trask. Princeton: Princeton University Press, 1953.

这是西方文学研究中一部经典著作，其中第一章以《荷马史诗》与旧约《圣经》的文体相对照，说明西方文学两个主要源头在文体风格等方面的差异，对理解西方文学传统尤其有深刻影响。

Auerbach, Erich. *Scenes from the Drama of European Literature*：*Six Essays*. New York: Meridian Books, 1959.

此书包括六篇论文，讨论欧洲文学中一些重要问题。其中讨论维柯《新科学》在文学批评中的意义，讨论 figura 这一概念，即超出字面意义之外的另一层含义，都相当重要而且相当有影响。

Bassnett, Susan. *Comparative Literature:A Critical Introduction*. Oxford: Blackwell, 1993.

此书名为比较文学导论，但却宣称比较文学已经死亡，英国比较学者应该转而研究英国殖民苏格兰、威尔士和爱尔兰的历史，研究"后欧洲式"的比较文学，包括翻译研究当中的身份认同等问题。详见本书第二章的讨论。

Brooks, Peter. *Reading for the Plot: Design and Intention in Narrative*. New York: Vintage, 1985.

此书从情节的角度讨论叙事文学，有许多精辟的理论见解。其中有些章节解读弗洛伊德一些重要的病案，是从文学角度讨论心理分析极有说服力的文章，值得一读。详见本书第三章的讨论。

Bruns, Gerald. *Hermeneutics Ancient and Modern*. New Haven: Yale University Press, 1992.

这是一本深入介绍西方阐释学历史的论著，其中对犹太人和基督徒对《圣经》的解释，有很详细的讨论，强调经典的解释总是与解释者所处时代和生活环境的现实问题有关。

Casanova, Pascale. *The World Republic of Letters*. Trans. M. B. DeBevoise. Cambridge, Mass.: Harvard University Press, 2004.

此书讨论近代欧洲文学的发展历史,强调文学之间的关系并不平等,而有中心和边缘不对等的权力关系。作者尤其以法国文学为世界文学之中心,而以巴黎为文学世界的首都。详见本书第三章的讨论。

Curtius, Robert Ernst. *European Literature and the Latin Middle Ages*. Trans. Willard R. Trask. Princeton:Princeton University Press, 1973.

这是西方文学研究中又一部影响深远的经典著作。此书以主题和具体文本为基础,讨论西方中世纪以来文学传统,旁征博引,内容丰富,在具体阐述和研究方法上都很有参考价值。

Damrosch, David. *What Is World Literature*? Princeton：Princeton University Press, 2003.

这是近年讨论世界文学很有影响的一部书。作者对世界文学的理解尽力打破欧洲中心的旧传统，认为世界文学是超出原来传统而在世界范围内流通的文学作品。详见本书第三章的讨论。

Deeney, John J. (ed.) . *Chinese-Western Comparative Literature*: *Theory and Strategy*. Hong Kong: The Chinese University Press, 1980.

此书收集20世纪六七十年代港台学者在比较文学研究方面的成果，颇有代表性，也值得内地的学者和读者们参考。

Eco, Umberto. *Art and Beauty in the Middle Ages. Trans. Hugh Bredin*. New Haven: Yale University Press, 2nd revised edition, 2002.

作者在书中强调，欧洲中世纪并非蒙昧黑暗、禁欲苦修的时代，而有灵与肉并不截然分离的美和艺术的观

念。此书对于了解中世纪的文学艺术和思想观念，很有
参考价值。

Eco, Umberto. with Jonathan Culler, Richard Rorty,
and Christine Brooke–Rose. *Interpretation and Overinter
pretation. Cambridge*: Cambridge University Press, 1992.

　　在文学理论中，此书作者是最早注重读者作用的文
论家之一，但在此书中，他对过分强调读者而忽略作者
与文本的理论趋向，即他所谓"过度的诠释"，却提出
了中肯的批评。与此同时，他继承欧洲自奥古斯丁以来
的阐释传统，对什么是较为合理的解释，提出了自己的
看法。此书论述明晰，很有参考价值。

Frye, Northrop. *Anatomy of Criticism: Four Essays*.
Princeton: Princeton University Press, 1957.

　　这是打破20世纪四五十年代新批评以文本为中心的
细读方法，而把文学视为一个系统的理论。书中提出的
神话和原型批评以开阔的眼光和宏大的视野，对西方文
学批评的发展做出很大贡献，至今仍有价值。

Frye, Northrop. *The Educated Imagination*. Toronto: CBC Enterprises, 1963.

此书以作者在加拿大电台所做广播演讲为基础，可以视为其主要著作《批评的解剖》的简化版，内容丰富，语言生动优美，很有参考价值。

Guillén, Claudio. *The Challenge of Comparative Literature*. Trans. Cola Franzen. Cambridge, Mass.: Harvard University Press, 1993.

这是迄今为止最全面、最有实在内容的比较文学导论。作者虽然研究西方各国文学，但他在书中却大力提倡东西方的比较，认为那将是比较文学未来发展的一个新方向。详见本书第二章的讨论。

Kermode, Frank. *The Sense of an Ending: Studies in the Theory of Fiction*. Oxford: Oxford University Press, 1967.

在西方文学研究中，尤其在叙事文学的理论研究中，这是很有影响的一部书。作者认为，终结的意识是

使任何故事完整而有意义的必要条件。详见本书第三章
的讨论。

Kernan, Alvin. *The Death of Literature*. New Haven:
Yale University Press, 1992.

作者是研究英国文学的专家，此书对后现代文化和
后现代主义文学理论逐渐脱离文学的趋向，提出相当尖
锐的批评。

Porter, David. *Ideographia: The Chinese Cipher in
Early Modern Europe*, Stanford: Stanford University Press,
2001.

此书从语言、宗教、美学趣味以及文物制度等方面
考察16至18世纪欧洲与中国文化的关系，以及欧洲人对
中国的想象。这是一部内容丰富、很有参考价值的书。

Saussy, Haun. *The Problem of a Chinese Aesthetic*.
Stanford: Stanford University Press, 1993.

此书围绕讽寓（allegory）问题，从中西文化接触的

历史，尤其是所谓中国礼仪之争的历史，批评西方汉学把中西文学对立起来的倾向。在中西比较文学研究中，这是一部重要著作。

Saussy, Haun. *Great Walls of Discourse and Other Adventures in Cultural China*. Cambridge, Mass.: Harvard University Asia Center, 2001.

此书包括六篇论文，讨论与如何理解中国有关的问题，批评了东西方的对立观念。其中论及西方一些有关中国的误解和偏见，很值得中西比较文学的研究者参考。

Saussy, Haun. (ed.). *Comparative Literature in an Age of Globalization*. Baltimore: The Johns Hopkins University Press, 2006.

美国比较文学学会每十年有检讨学科现状、提出未来发展方向的研究报告。这是进入21世纪以来最新的报告，其中注意到文学理论在20世纪后半叶的发展既取得很大成绩，也出现了理论取代文学本身的危机。此书收集多篇论文，其中我提交的一篇特别呼吁，应当注重东西方比较研究在未来的发展。

Wang Zuoliang. *Degrees of Affinity: Studies in Comparative Literature*. Beijing: Foreign Language Teaching and Research Press, 1985.

此书收集王佐良先生用英文撰述之中西比较文学论文，其中有论严复、林纾之翻译，论鲁迅，论现代中国作家和诗人与西方文学，以及西方作家在中国的接受等多方面内容。

Wellek, René. *Concepts of Criticism*. Ed. Stephen Nichols. New Haven: Yale University Press, 1963.

作者在美国比较文学发展史上，曾做出很大贡献。此书有许多章节讨论西方的批评观念，尤其对比较文学的名称和性质有深入探讨，值得我们注意。

Wellek, René and Austin Warren, *Theory of Literature*. 3rd ed. New York: Harcourt Brace Jovanovich, 1977.

此书初版于1949年，可以说是美国新批评派的理论总纲，在20世纪50—60年代产生过极大影响。书中最早在西方介绍了俄国形式主义理论，其中有关文学研究的一些看法，至今仍然值得参考。

Zhdng Longxi. *The Tao and the Logos: Literary Hermeneutics, East and West*. Durham: Duke University Press, 1992.

此书从语言和理解问题入手，探讨文学的阐释学，并对德里达以逻各斯中心主义只限于西方的看法提出批评。此书有冯川先生的中译（成都：四川人民出版社，1998年；南京：江苏教育出版社，2004年）。

Zhang Longxi. *Mighty Opposites: From Dichotomies to Differences in the Comparative Study of China*. Stanford: Stanford University Press, 1998.

此书收集作者讨论西方之中国研究的论文，其中部分论文由作者本人用中文重写，收在复旦大学出版社出版的《中西文化研究十论》之中。

Zhang Longxi. *Allegoresis: Reading Canonical Literature, East and West*. I thaca, NY: Cornell University Press, 2005.

此书以中西经典的解释为重点，讨论讽寓解释及其影响。讨论所及为犹太传统和基督教传统对《圣经》的解释，儒家传统对《诗经》的解释，这种解释在文学中的影响，东西方的乌托邦思想，以及文学的政治解释等。

Zhang Longxi. *Unexpected Affinities: Reading across Cultures*. Toronto: University of Toronto Press, 2007.

这是作者2005年在加拿大多伦多大学所做亚历山大讲座的演讲，2007年由多伦多大学出版社印行。此书第一章批判中西文化对立的观念，后面三章则以不同主题为框架，具体讨论中西文学和文化之间不期而然的契合。

Zhang Yingjin (ed.). *China in a Polycentric World: Essays in Chinese Comparative Literature*. Stanford: Stanford University Press, 1998.

此书是一部论文集，讨论了汉学与比较文学、西方理论与中西比较文学等多方面议题。此书作者大多是在美国研究中国文学和比较文学的学者，在一定程度上可以代表这些学者在20世纪90年代的研究成果。